CLAUDE GUEUX

VICTOR HUGO

Claude Gueux

PRÉSENTATION ET NOTES D'EMMANUEL BURON

LE LIVRE DE POCHE
Libretti

ISBN : 978-2-253-13653-8 - 1re publication - LGF

PRÉSENTATION

Le 7 novembre 1831, Claude Gueux, voleur récidiviste emprisonné à la centrale de Clairvaux, a tué M. Delacelle, le directeur des ateliers, devant les autres détenus qui ont vivement manifesté leur joie. Son procès commence en mars 1832, devant la cour d'assises de Troyes. Il est condamné à mort et exécuté en juin de la même année. Le 6 juillet 1834, Victor Hugo publie sa version du fait divers dans *La Revue de Paris*. A la fin de juillet, Charles Carlier, un négociant lecteur de la revue, finance une édition séparée de 500 exemplaires du récit de Hugo, afin de *faire profiter la grande leçon* qu'il contient. Entre le fait divers et la morale sociale, *Claude Gueux* n'est pas un roman. Le première réaction de Victor Hugo à l'exécution de Claude n'a d'ailleurs rien de romanesque. Dès 1832, l'événement lui inspire un plaidoyer contre la peine de mort. Il ironise contre les lenteurs de la Chambre à la supprimer, et imagine le discours d'un citoyen anonyme qui prendrait cette assemblée à parti. Or, ce fragment remanié constitue les dernières pages de notre récit. L'histoire de Claude est d'abord un exemple frappant, qui donne du poids à un discours social.

Né de l'opposition de Victor Hugo à la peine de mort, notre récit élargit considérablement le débat. L'ampleur du problème posé par ce texte devient très sensible si on le compare au *Dernier Jour d'un condamné*, écrit par V. Hugo en 1829. Puisqu'il est initialement paru sans nom d'auteur, rien ne signalait explicitement que ce roman à la première personne, censément écrit par un condamné à mort au cours des vingt-quatre heures qui précèdent son exécution, était une œuvre de fiction. Hugo invite donc le lecteur à se glisser avec lui dans le *je* du narrateur : chacun peut vivre en imagination ce face-à-face avec la mort imminente. L'identification est d'autant plus facile qu'on ignore les motifs qui ont conduit le jeune homme en prison. Bref, Hugo fait jouer chez chaque lecteur la peur de la mort afin d'attirer la sympathie sur ce condamné auquel il s'identifie. Cette sympathie doit provoquer le rejet horrifié de la peine capitale. Hugo met ainsi au service de la question pénale l'imagination fiévreuse d'un romantisme qui cherche dans les sujets macabres la clef d'émotions plus intenses. Cependant, cette vigoureuse prise de position perd, sur le terrain de l'argumentation rationnelle, la force qu'elle gagne sur le terrain de la conviction émotive. Le récit touche le lecteur, mais ne lui fournit pas d'argument pour étayer la conviction qu'il lui impose.

En 1832, Hugo ajoute une importante préface au *Dernier Jour d'un condamné*. Le débat s'élargit, et la question du peuple passe au premier plan. C'est à ce moment, et dans cette nouvelle perspective, qu'il rédige le texte qui deviendra la fin de *Claude Gueux*. Hugo n'utilise plus la terreur que la mort inspire contre la peine capitale. Il dénonce la peine de mort

Portrait de Victor Hugo
par Deveria.

comme le signe d'une société qui ne peut répondre que par la répression à la détresse des misérables. *Le peuple souffre*, constate-t-il, et c'est cette détresse qui le pousse au crime.

L'histoire de Claude retrace le parcours exemplaire d'un homme du peuple, doté de toutes les qualités naturelles, que la société ne saura pas utiliser. La pauvreté le conduit au vol et à la prison, et l'inhumanité du traitement qu'il subit, au meurtre. La répression amorce une surenchère de violence, mais n'attaque pas la cause de la criminalité. Hugo accuse la société de négliger l'effort d'éducation, qui seul peut faire échec à la spirale du crime et de la répression. Après le récit des faits, il souligne que le problème réside dans l'articulation de « deux questions ; question de l'éducation, question de la pénalité ». *Claude Gueux* parle donc moins de la peine de mort que du peuple, et de l'ordre social qui l'exclut. Hugo le dit lui-même : « Tous les paragraphes de cette histoire pourraient servir de têtes de chapitre au livre où serait résolu le grand problème du peuple au dix-neuvième siècle. »

La prison en procès

Plus que sur la peine de mort, *Claude Gueux* est un livre sur la prison. En 1832, c'est une peine récente, dont on débat beaucoup, et qui pose le triple problème du peuple, de l'éducation et de la pénalité. Jusqu'au milieu du XVIIIe siècle, l'emprisonnement ne constituait qu'une mesure préventive ou une peine de substitution. Si la prison s'est imposée comme le châtiment par excellence, c'est notamment parce qu'elle permettait une gradation plus fine des peines. En jouant sur la durée de l'emprisonnement, il est possible de nuancer à l'infini la gravité de la sanction pénale. En outre, on peut en permanence adapter le traitement du condamné à son état moral : ce point est important, car la prison a d'abord été conçue comme un centre de rééducation morale. Coupé du monde, le prisonnier est laissé en tête à tête avec son remords, qui doit lui faire regretter sa faute. Il est aussi censé réapprendre les règles sociales fondamentales, à commencer par le respect de la loi et de l'autorité.

A travers le parcours pénal de Claude Gueux, Hugo va mettre en évidence les lacunes de ce système théoriquement philanthropique. Claude est d'abord très lourdement condamné : comme Jean Valjean dans *Les Misérables*, il est emprisonné pour vol. Un vol simple, sans circonstances aggravantes, pouvait entraîner de un à cinq ans de prison : Claude sera condamné à la peine maximale pour un vol destiné à faire vivre les siens, qui aurait pu lui valoir la clémence du juge. Hugo montre ensuite le revers des mesures de rééducation morale des prisonniers.

Le travail. Chaque prisonnier devait travailler dans l'un des ateliers qu'offrait sa centrale (Claude est employé dans l'atelier des chapeliers). Le produit de son labeur était alors vendu, et le bénéfice divisé en trois parts : un tiers allait à l'Administration pénitentiaire, à titre de contribution du prisonnier à son entretien ; un tiers servait à constituer un pécule au détenu, pour le moment de sa libération ; un tiers était pour lui. Le but affirmé de cette organisation était d'éviter au prisonnier de perdre le contact avec les conditions de la vie sociale. Pourtant, Hugo, considérant la maigreur des rations, s'étonne de ce labeur qui ne parvient plus à nourrir celui qui s'y emploie. A

14

Clairvaux, le travail semble donc un moyen d'entretenir la frustration des détenus, et le pouvoir arbitraire du directeur des ateliers.

La solitude. L'isolement, propice à la méditation et au remords, fait partie de l'emprisonnement. Dans notre récit, il est aussi un moyen de frustration : il prive Claude de l'amitié d'Albin, de cette solidarité qui lui avait permis de surmonter la faim. Cette séparation confirme le pouvoir arbitraire de M.D., qui à lui seul incarne le dysfonctionnement inévitable du dispositif éducatif de la prison. Par ailleurs, la valeur morale de cette séparation est d'autant plus ambiguë qu'elle brise une amitié fondée sur le partage du pain ; or, ce geste christique est éminemment moral.

On ne saurait donc concevoir plus noire ironie que d'installer, comme c'est le cas à Clairvaux, la maison centrale dans les locaux d'une des plus prestigieuses abbayes cisterciennes du Moyen Âge. Cette installation répond d'abord à un problème de place. Pour le confort des prisonniers aussi bien que pour la distinction des différentes catégories de condamnés, il faut de l'espace : un décret de 1808 a notamment prévu de transformer en prisons d'anciennes abbayes. Après tout, l'austérité de l'architecture monastique peut assez bien convenir à la sévérité carcérale. Toutefois, le rapprochement suggéré de l'emprisonnement et de la claustration volontaire des moines souligne fortement le manque de spiritualité de la réclusion contrainte des prisonniers. Dès les premiers paragraphes, Hugo ironise sur ce prétendu *progrès*.

La prison n'est donc pas un lieu de rééducation. Comment le serait-elle d'ailleurs, puisqu'elle n'intervient qu'après coup, sur des individus que la misère a déjà contraints à sortir de la société ? Elle est une étape hypocrite dans un processus d'exclusion. Hugo appelle de ses vœux une éducation qui apporterait un soutien moral à l'individu avant qu'il ne tombe. Ce thème est omniprésent. Ainsi, après avoir emprunté aux menuisiers la hache qui lui servira à tuer le directeur des ateliers, Claude conseille à un jeune détenu de seize ans d'apprendre à lire. Nous découvrirons plus tard qu'il conserve « un volume dépareillé de l'*Emile* », seul souvenir de sa femme, avec une paire de ciseaux de couturière. Or, ce roman de Rousseau a pour sous-titre : *De l'éducation*. Les dernières pages de notre récit amplifient ce thème. Il faut supprimer les bourreaux et multiplier les maîtres d'école ; il faut cultiver la tête du peuple, pour ne plus avoir à la couper[1]. Dans le programme hugolien, l'effort de civilisation culmine dans l'Evangile : Hugo réclame *une Bible par cabane* ; contre Voltaire et un XVIIIᵉ siècle assimilé à l'âge d'une raison laïcisée, il choisit Jésus. Il engage le christianisme aux côtés du peuple, contre l'ordre imposé par une bourgeoisie éclairée.

Derrière l'engagement de Hugo, ce récit laisse deviner le traumatisme de la Révolution. Claude est un personnage très ambigu, car il demeure juste jusque dans son crime. Il exécute M.D. après avoir soumis sa décision à l'assemblée de ses camarades de

---

1. Voir la phrase de Victor Hugo qui termine *Claude Gueux* : « Cette tête de l'homme du peuple, cultivez-la [...] ; vous n'aurez pas besoin de la couper. »

L'église de l'abbaye de Clairvaux.
Photo Hur-Viollet.

travail. Hugo la nomme *cour de cassation*, et ce tribunal populaire évoque les tribunaux d'exception de la Terreur. Ce court texte veut faire sentir la nécessité d'un renouvellement social, sous peine de violences où affleure la mémoire de la Révolution. Au cours du long bras de fer spirituel entre Claude et le directeur, qui rythme cette marche à la mort, Claude ne cesse de délivrer des oracles dont Hugo souligne l'ambiguïté : on ne sait si ce sont des prières ou des menaces. En fait, ce sont les deux : Claude ira jusqu'à supplier M.D. de lui rendre Albin, mais du fond de sa misère, il sait mesurer l'injustice de celui qui refuse d'entendre sa prière. Passé l'heure des prières, vient celle de la hache et de la guillotine, mais ce n'est pas le prisonnier dont on a si souvent rejeté la requête pressante qui a voulu ce carnage.

Au cœur de notre récit, on trouve la question de la responsabilité. C'est autour de cette question que Hugo centre les débats qui ont lieu au procès. Claude a tué M.D., et il mérite la mort selon la loi. Hugo voudrait toutefois déplacer la question : il s'agit de passer de l'établissement des faits (Claude a-t-il tué ?) à celui de la cause *(Pourquoi cet homme a-t-il volé ? Pourquoi cet homme a-t-il tué ?)*. Pour résoudre ce second problème, on ne peut plus s'aveugler sur le comportement du directeur des ateliers : son manque d'humanité a été une insulte à la détresse de Claude, une provocation. Hugo propose en somme d'élargir la notion de *circonstances atténuantes*, afin de prendre en compte *la provocation morale oubliée par la loi*. La société devrait alors reconnaître sa part de responsabilité dans les crimes que peut engendrer la misère qu'elle ne sait pas combattre. La société est coupable du crime de Claude, qu'elle n'a pas su prévenir.

En écrivant *Claude Gueux*, Hugo entend conjurer ce règlement de comptes sanglant. Amplifiant la prière de Claude, il veut amener ses lecteurs à prendre conscience de l'injustice d'une loi sans amour, fondée sur la répression. Pour cela, il va faire de Claude un héros idéal. Plutarque a écrit les *Vies des hommes illustres* ; Hugo, la *vie importante* d'un personnage obscur. Il décrit en effet son bagnard comme un modèle de sagesse. En particulier, il suggère souvent des analogies entre le parcours de Claude et la Passion du Christ. Le récit avance alors en juxtaposant faits ou paroles mémorables, avec parfois l'allure syncopée des recueils d'apophtegmes. A moins que cette discontinuité du récit n'évoque les stations d'un chemin de croix. Pour mieux faire prendre conscience de l'injustice, Hugo nous représente l'itinéraire d'un condamné sans défaut.

Ce procédé ne paraîtra grossier qu'au lecteur qui s'attend à lire un récit réaliste, mais Hugo n'a pas voulu raconter l'histoire comme elle s'était passée : il a voulu faire de Claude le représentant du peuple misérable. Le personnage porte cette identité sociale jusque dans son nom. Un gueux est un mendiant, qui exploite professionnellement la charité publique, et qu'on soupçonne toujours de supercherie. Claude incarne à la fois la misère et la dignité du peuple, et il meurt de la suspicion qu'on jette sur lui. En faisant de Claude le représentant par excellence d'une catégorie sociale, Hugo a écrit une fable, un récit qui exprime de façon vive un sens abstrait plus difficile. Il fallait que Claude fût un personnage qui frappe par sa droiture pour que la démonstration prenne tout son poids. Hugo cherche en effet à convaincre : il se représenterait volontiers en avocat. Dans la préface au *Dernier jour d'un*

Le grand escalier du Palais de justice par Daumier.

condamné, il dit vouloir plaider la cause de l'humanité *à toute voix devant la société, qui est la grande cour de cassation.* En outre, notre récit s'achève avec le discours d'un citoyen anonyme, qui interpelle la chambre. Hugo se veut l'orateur de la liberté : il raconte une histoire, car elle sert sa démonstration.

Claude aussi est un orateur : au cours de son procès, Hugo nous signale que *ce pauvre ouvrier contenait bien plutôt un orateur qu'un assassin.* Après les performances verbales des avocats, aussi théâtrales que vaines, la parole pleine de retenue de l'accusé frappe par sa dignité. Notre attention est attirée non seulement sur la justesse de ses propos, mais aussi sur la pertinence de leur présentation, ainsi que sur la clarté du débit de Claude, et la convenance de son attitude. Dans sa définition classique, la rhétorique est l'art de présenter ses propos sous le jour le plus persuasif. Cet art très civilisé de la parole sociale est particulièrement utile en démocratie, où il doit permettre un règlement pacifique des conflits. Par malheur, le discours de Claude ne convaincra pas le tribunal dont Hugo nous fait sentir la rigueur excessive. La répression pénale apparaît bien comme un refus opposé à la plainte légitime et argumentée du peuple. Cette violence compromet la communication entre les diverses couches de la société, et annonce de nouvelles violences. Par son récit, Hugo a voulu faire entendre à nouveau la parole de Claude, cet appel du peuple à la pitié de chacun, dont le mépris général empêche trop souvent d'entendre la rude éloquence.

EMMANUEL BURON

INDICATIONS BIBLIOGRAPHIQUES

Notre texte

Claude Gueux est paru pour la première fois dans *La Revue de Paris* du 6 juillet 1834, puis, sur la demande de Charles Carlier, négociant à Dunkerque, il a été tiré à part à 500 exemplaires, au mois de septembre de la même année, augmenté de la lettre de Carlier à titre de préface (Paris, Evréat 1834). Nous reproduisons le texte de cette première édition séparée (d'après B.N. Res. p. Y^2 170).

Lectures complémentaires

HUGO Victor, *Le Dernier Jour d'un condamné*, Le Livre de Poche, n° 6646. *Écrits sur la peine de mort*, Babel n° 58.

IMBERT Jean, *La Peine de mort*, Que Sais-je ?, n° 1834.

REPÈRES CHRONOLOGIQUES		
Date	Vie de Victor Hugo	Événements politiques et littéraires
1802	Naissance à Besançon. Elevé à Paris, loin de son père, officier dans l'armée napoléonienne.	
1804		Napoléon est sacré empereur.
1807-1808, puis 1811	Voyages en Italie, puis en Espagne, pour rendre visite à son père.	
1812		Campagne de Russie.
1814-1815	Premiers essais littéraires, d'inspiration royaliste.	6 avril 1814 : Adieux de Fontainebleau. Les Cent-Jours. 18 juin 1815 : Waterloo.
1820		Lamartine : *Méditations poétiques*.
1822	Epouse Adèle Foucher.	
1823-1826	Premiers romans : *Han d'Islande*, *Bug Jargal*.	
1827	*Cromwell*. La préface de cette pièce constitue le manifeste du romantisme.	
1829	Janvier : *Les Orientales*. 7 février : *Le Dernier Jour d'un condamné*	
1830	*Hernani* est représenté au Théâtre-Français. 25 février : « Bataille d'*Hernani* ».	Révolution de Juillet. Louis-Philippe.
1831	Publication de *Notre-Dame de Paris*.	
1832	Préface au *Dernier Jour d'un condamné*.	Mars-juin : procès puis exécution de Claude Gueux.
1834	Parution de *Claude Gueux*.	Musset : *Lorenzaccio*.
1838	*Ruy Blas*.	

Date	Vie de Victor Hugo	Événements politiques et littéraires
	REPÈRES CHRONOLOGIQUES	
1841	Elu à l'Académie française, après plusieurs candidatures malheureuses.	
1843	4 septembre : noyade de sa fille Léopoldine.	
1848	Maire du VIIIe arrondissement, puis député de Paris à l'Assemblée constituante. 1849 : député à l'Assemblée législative. Se rapproche de plus en plus de la gauche républicaine.	Révolution de 1848. Seconde république. Février-juin : Lamartine participe au premier gouvernement du nouveau régime.
1851	Opposant au nouveau régime, quitte Paris le 14 décembre. Bruxelles, puis Jersey (début août 52).	2 décembre 1851 : coup d'Etat de Louis-Napoléon Bonaparte. Un an plus tard, il se fait couronner empereur sous le nom de Napoléon III.
1852-1853	Publications contre Napoléon III : *Napoléon le Petit, Les Châtiments.*	
1853	Expulsé de Jersey, s'installe à Guernesey.	
1856	*Les Contemplations.*	
1857		Procès de *Madame Bovary* (paru en 1856). Condamnation des *Fleurs du mal*, pour outrage aux meurs.
1862	*Les Misérables.*	
1864	*William Shakespeare.*	Vigny : *Les Destinées* (posthume).
1866	*Les Travailleurs de la mer.*	
1869	*L'Homme qui rit.*	
1870	14 juillet : plante un chêne des Etats-Unis d'Europe dans sa maison de Guernesey. Le 5 septembre, Hugo regagne Paris.	Guerre contre la Prusse. 1er septembre : défaite de Sedan et destitution de Napoléon III. Troisième République.

Date	Vie de Victor Hugo	Événements politiques et littéraires
1871	Représentant de Paris à l'Assemblée nationale, réunie à Bordeaux. Opposé à la majorité conservatrice, il démissionne. Pendant la Commune, réside à Bruxelles. Sans approuver les insurgés, plaide pour la clémence à leur égard.	Mars-mai : Commune de Paris. L'insurrection est écrasée.
1874	*Quatre-vingt-treize.*	
1875	Sénateur de la Seine.	
1883	Achève la publication de *La Légende des siècles* (amorcée en 1859).	
1885	22 mai : mort de Victor Hugo. Funérailles nationales. Cérémonie gigantesque.	

L'abolition de la peine de mort

Repères historiques

Sous l'ancien régime, la prison ne constitue pas une peine à part entière. Il n'y a pas d'intermédiaire entre les peines légères (amendes, par exemple) et les supplices physiques. La peine capitale est prévue dans un grand nombre de cas, et elle n'est pas contestée.

1764 : Beccaria publie en Italie un traité *Des délits et des peines*, dans lequel il plaide pour l'abolition de la peine de mort. Son œuvre provoque des réactions diverses, allant de l'enthousiasme au rejet. Beaucoup de réactions mitigées aussi, favorables à une restriction des cas passibles de mort.

1786 : Sous l'influence de Beccaria, Léopold III supprime la peine de mort en Toscane. Suite à des mouvements de révolte, elle sera réintroduite en 1790 et confirmée en 1795. Mais, en fait, elle ne sera presque plus utilisée.

1787 : Abolition de la peine de mort dans l'Empire autrichien. Elle sera rétablie, pour haute trahison en 1796, puis pour d'autres crimes. Elle demeure rare toutefois.

Pendant la Révolution française, l'idée de l'abolition de la peine de mort a souvent été agitée, mais sans résultat. On n'a rarement autant décapité que sous la Révolution. Seul apport de taille : la guillotine. Cette machine a été conçue comme un progrès : elle donnait une mort instantanée et sans douleur, à la différence des supplices des époques antérieures.

Au cours du XIXe siècle, le débat se poursuit avec vivacité. Il conduit partout à une raréfaction des exécutions capitales. Dans certains pays, l'abolition officielle vient parfois confirmer une disparition de fait : Italie (1847, rétablie en 1852, supprimée en 1860), Grèce (1862), Roumanie (1864), Portugal (1866), Pays-Bas (1870), Suisse (1874, mais certains cantons avaient anticipé), Norvège (1905), Autriche (1919). Il faudrait également citer certains États des Etats-Unis, et beaucoup de pays d'Amérique du Sud.

La première moitié de notre siècle a connu une tendance générale au rétablissement de la peine de mort.

Depuis la Seconde Guerre mondiale, la peine de mort tend à disparaître d'Europe. Elle a notamment été abolie en Allemagne (1949), en Angleterre (1970) et en France (1981). Aux Etats-Unis, la situation varie selon les Etats. Dans d'autres pays du monde (Iran, certains pays d'Asie...), la peine de mort est toujours en vigueur.

CLAUDE GUEUX

Dunkerque, le 30 juillet 1834.

Monsieur le directeur de *La Revue de Paris,*

Claude Gueux, de Victor Hugo, par vous inséré dans votre livraison du 6 courant, est une grande leçon ; aidez-moi, je vous prie, à la faire profiter.

Rendez-moi, je vous prie, le service de faire tirer autant d'exemplaires qu'il y a de députés en France, et de les leur adresser individuellement et bien exactement.

J'ai l'honneur de vous saluer.

Charles CARLIER
Négociant.

(L'original de cette lettre est déposé aux bureaux de La Revue de Paris.)

CLAUDE
GUEUX,

PAR

VICTOR HUGO.

EXTRAIT DE LA REVUE DE PARIS.

PARIS.

ÉVERAT, IMPRIMEUR, RUE DU CADRAN, N° 16.

M DCCC XLIV.

IL y a sept ou huit ans, un homme nommé Claude Gueux, pauvre ouvrier, vivait à Paris[1]. Il avait avec lui une fille[2] qui était sa maîtresse, et un enfant de cette fille. Je dis les choses comme elles sont, laissant le lecteur ramasser les moralités[3] à mesure que les faits les sèment sur leur chemin. L'ouvrier était capable, habile[4], intelligent, fort mal traité par l'éducation, fort bien traité par la nature, ne sachant pas lire et sachant penser. Un hiver, l'ouvrage manqua. Pas de feu, ni de pain dans le galetas[5]. L'homme, la fille et l'enfant eurent froid et faim. L'homme vola. Je ne sais ce qu'il vola, je ne sais où il vola. Ce que je sais, c'est que de ce vol il résulta trois jours de pain et de

Paresseux

---

1. Le manuscrit s'ouvre sur la phrase : « Voici des faits qui m'ont été rapportés par un témoin digne de foi. » Une indication marginale, *La Gazette du 19 mars 1832*, nous apprend que ce témoin est *La Gazette des tribunaux*. Sur le fait divers, v. Présentation. – **2.** « Fille se dit par opposition à une femme mariée » (Littré). Le mot n'a pas ici le sens de « prostituée », car Claude Gueux apprendra seulement en prison que sa concubine est devenue « fille publique ». – **3.** *Ramasser* : recueillir des idées, rassembler des enseignements ; *moralité* : sens moral renfermé sous un récit ou sous un fait. Hugo rapporte une histoire exemplaire et confie donc au lecteur la tâche de tirer la morale d'un récit sans ambiguïté. – **4.** *Habile* (du latin *habilis*, bien adapté, approprié) : qui peut appliquer ce qu'il sait, adroit. – **5.** Logement pratiqué sous les combles (immédiatement sous le toit), très exposé aux variations climatiques, et généralement loué à bas prix (d'où le sens courant de logis misérable).

feu pour la femme et pour l'enfant, et cinq ans de prison pour l'homme[1].

L'homme fut envoyé faire son temps à la maison centrale de Clairvaux[2]. Clairvaux, abbaye dont on a fait une bastille[3], cellule[4] dont on a fait un cabanon[5], autel dont on a fait un pilori[6]. Quand nous parlons de progrès, c'est ainsi que certaines gens le comprennent et l'exécutent. Voilà la chose qu'ils mettent sous notre mot[7].

Poursuivons :

Arrivé là, on le mit dans un cachot pour la nuit et dans un atelier pour le jour[8]. Ce n'est pas l'atelier que je blâme.

Claude Gueux, honnête ouvrier naguère, voleur désormais[9], était une figure digne et grave[10]. Il avait le front haut, déjà ridé, quoique jeune encore, quelques cheveux gris perdus dans les touffes noires, l'œil doux et fort puissamment enfoncé sous une arcade

---

1. Sur la lourdeur de cette condamnation, voir présentation. – 2. Clairvaux (Aube), ancienne abbaye cistercienne fondée en 1115, et achevée en 1153. Elle a connu un rayonnement important au Moyen Age, mais elle ne comptait plus que 27 religieux en 1790. Ce qui restait de l'abbaye fut transformé en maison de détention par un décret de 1808. – 3. Prison. Le mot évoque le nom de la prison parisienne que la Révolution a détruite : Hugo suggère que la transformation du couvent en prison remet en cause le progrès de la Révolution. – 4. « Petite chambre d'un religieux ou d'une religieuse » (Littré). L'opposition des champs sémantiques de la religion et de la prison interdit de prendre le mot au sens de : pièce où l'on enferme un prisonnier. – 5. « Cachot obscur dans quelques prisons » (Littré). – 6. « Poteau où l'on attachait le criminel avec un carcan au cou, tournant sur un pivot pour l'exposer à la vue du peuple » (Littré). – 7. Sur la question du *progrès* que représente la prison, v. Présentation. – 8. Au titre de l'article 40 du code pénal, le condamné à l'emprisonnement était « employé à l'un des travaux établis dans cette maison (de détention), à son choix ». – 9. *Naguère* : il y a peu de temps (littéralement : il n'y a guère) ; *désormais* : à partir de ce moment. Hugo décrit un changement de statut instantané. – 10. *Grave* (latin : *gravis*, qui a du poids, lourd) : sérieux, qu'il faut traiter avec considération.

38

sourcilière bien modelée, les narines ouvertes, le menton avancé, la lèvre dédaigneuse. C'était une belle tête. On va voir ce que la société en a fait.

Il avait la parole rare, le geste plus fréquent, quelque chose d'impérieux [1] dans toute sa personne et qui se faisait obéir, l'air pensif, sérieux plutôt que souffrant. Il avait pourtant bien souffert.

Dans le dépôt [2] où Claude Gueux était enfermé, il y avait un directeur des ateliers, espèce [3] de fonctionnaire propre aux prisons, qui tient tout ensemble du guichetier [4] et du marchand, qui fait en même temps une commande à l'ouvrier [5] et une menace au prisonnier, qui vous met l'outil aux mains et les fers aux pieds. Celui-là était lui-même une variété [6] dans l'espèce, un homme bref [7], tyrannique, obéissant à ses idées, toujours à courte bride sur son autorité [8] ; d'ailleurs, dans l'occasion, bon compagnon, bon prince, jovial [9] même et raillant [10] avec grâce ; dur plutôt que ferme ; ne raisonnant avec personne, pas même avec lui ; bon père, bon mari, sans doute, ce qui est devoir et non vertu [11] ; en un mot, pas méchant, mauvais [12]. C'était un de ces

---

1. « Qui commande de façon absolue, et sans qu'on puisse résister ni répliquer » (Littré). – 2. Lieu où l'on garde les prisonniers, et plus précisément ici, prison. – 3. Terme de science naturelle : ensemble d'individus qui partagent un certain nombre de caractères spécifiques. – 4. Employé qui ouvre et ferme le guichet, c'est-à-dire la « petite ouverture à hauteur d'appui dans un mur ou une porte, par laquelle on peut parler à quelqu'un ou lui faire passer quelque chose sans ouvrir la porte » (Littré). – 5. Le directeur des ateliers supervisait le travail des prisonniers, et s'occupait de vendre leurs produits. A ce titre, il pouvait recevoir des commandes de particuliers, et se chargeait de les faire exécuter. – 6. Terme de science naturelle. Ensemble d'individus qui, au sein d'une même espèce, partagent un certain nombre de traits spécifiques. – 7. Qui parle peu, avec autorité, voire avec sécheresse. – 8. Qui exige une obéissance immédiate et sans discussion. – 9. Qui aime à rire. – 10. *Railler* : plaisanter, en général avec ironie. — 11. *Devoir* : respect d'une règle imposée par une communauté morale. *Vertu* : qualité morale propre à un individu. — 12. *Méchant* : qui commet des actes condamnables. *Mauvais* : qui aime faire du mal à autrui. En opposant ces deux termes,

hommes qui n'ont rien de vibrant ni d'élastique, qui sont composés de molécules inertes, qui ne résonnent [1] au choc d'aucune idée, au contact d'aucun sentiment, qui ont des colères glacées, des haines mornes [2], des emportements sans émotion, qui prennent feu sans s'échauffer, dont la capacité de calorique [3] est nulle, et qu'on dirait souvent faits de bois ; ils flambent par un bout et sont froids par l'autre. La ligne principale, la ligne diagonale du caractère de cet homme, c'était la ténacité [4]. Il était fier d'être tenace, et se comparait à Napoléon. Ceci n'est qu'une illusion d'optique. Il y a nombre de gens qui en sont dupes et qui, à certaine distance, prennent la ténacité pour de la volonté, et une chandelle pour une étoile. Quand cet homme donc avait une fois ajusté ce qu'il appelait sa *volonté* à une chose absurde [5], il allait tête haute et à travers toute broussaille [6] jusqu'au bout de la chose absurde. L'entêtement sans l'intelligence, c'est la sottise soudée au bout de la bêtise [7] et lui servant de rallonge. Cela va loin. En général, quand une catastrophe privée ou publique s'est écroulée sur

---

Hugo souligne que le directeur des ateliers est fondamentalement pervers, même s'il n'appartient pas au domaine du mal (comme le *méchant*) : il n'a aucune charité, et ne songe qu'à imposer son pouvoir.

1. *Résonner* : désigne le mouvement d'un corps qui se met à vibrer sous l'impulsion d'un choc. Ce terme renvoie à la science de la matière, comme tous ceux de cette phrase. Ainsi, *élastique* désigne la capacité d'un corps à retrouver sa forme première, après que s'est arrêtée la pression qui s'exerçait sur lui. En outre, un corps composé de *molécules inertes* ne pourrait pas résonner, puisque les molécules immobiles ne pourraient pas transmettre la vibration. Hugo recourt à ce lexique scientifique pour décrire un homme rigide, monolithique. – **2.** Tristes, sans éclat. – **3.** Capacité à produire de la chaleur. – **4.** Capacité de s'attacher avec obstination à un projet, à une idée. – **5.** *Ajuster à* : « accommoder une chose en sorte qu'elle s'adapte à une autre » (Littré). – **6.** Sans se laisser arrêter par les obstacles. – **7.** *Sottise* : manque de jugement, d'à-propos, mauvaise appréciation du rapport entre les choses. *Bêtise* : manque d'intelligence.

nous, si nous examinons, d'après les décombres qui
en gisent à terre, de quelle façon elle s'est échafau-
dée, nous trouvons presque toujours qu'elle a été
aveuglément construite par un homme médiocre et
obstiné qui avait foi en lui et qui s'admirait. Il y a
par le monde beaucoup de ces petites fatalités têtues
qui se croient des providences [1].

Voilà donc ce que c'était que le directeur des ateliers de la prison centrale de Clairvaux. Voilà de quoi
était fait le briquet [2] avec lequel la société frappait
chaque jour sur les prisonniers pour en tirer des étin-
celles.

L'étincelle que de pareils briquets arrachent à de
pareils cailloux allume souvent des incendies.

Nous avons dit qu'une fois arrivé à Clairvaux,
Claude Gueux fut numéroté dans un atelier et rivé à
une besogne. Le directeur de l'atelier fit connaissance
avec lui, le reconnut bon ouvrier, et le traita bien. Il
paraît même qu'un jour, étant de bonne humeur, et
voyant Claude Gueux fort triste, car cet homme pensait toujours à celle qu'il appelait sa *femme* [3], il lui
conta, par manière de jovialité et de passe-temps, et
aussi pour le consoler, que cette malheureuse s'était
faite fille publique. Claude demanda froidement ce
qu'était devenu l'enfant. On ne savait.

Au bout de quelques mois, Claude s'acclimata à
l'air de la prison, et parut ne plus songer à rien. Une

---

1. *Fatalité* : enchaînement de circonstances, réglé par un destin
aveugle, et qui pousse le plus souvent vers une issue funeste. *Provi-
dence* : enchaînement heureux de circonstances réglé par un Dieu
bienveillant. – **2.** « Petite pièce d'acier dont on se sert pour tirer
du feu d'un caillou » (Littré). – **3.** Claude n'était en fait pas marié,
mais ce mot nous montre qu'il ne se considérait pas moins engagé.
Le directeur des ateliers ne peut concevoir une droiture individuelle
indépendante de la reconnaissance sociale, et il peut croire consoler
Claude en lui rapportant la déchéance de la femme qu'il aime.

certaine sérénité sévère [1], propre à son caractère, avait repris le dessus.

Au bout du même espace de temps à peu près, Claude avait acquis un ascendant [2] singulier sur tous ses compagnons. Comme par une sorte de convention tacite [3], et sans que personne sût pourquoi, pas même lui, tous ces hommes le consultaient, l'écoutaient, l'admiraient et l'imitaient, ce qui est le dernier degré ascendant de l'admiration. Ce n'était pas une médiocre [4] gloire d'être obéi par toutes ces natures désobéissantes. Cet empire [5] lui était venu sans qu'il y songeât. Cela tenait au regard qu'il avait dans les yeux. L'œil d'un homme est une fenêtre par laquelle on voit les pensées qui vont et viennent dans sa tête.

Mettez un homme qui contient des idées parmi des hommes qui n'en contiennent pas, au bout d'un temps donné, et par une loi d'attraction irrésistible, tous les cerveaux ténébreux graviteront humblement et avec adoration autour du cerveau rayonnant [6]. Il y a des hommes qui sont fer et des hommes qui sont aimant. Claude était aimant.

En moins de trois mois donc, Claude était devenu l'âme, la loi et l'ordre de l'atelier. Toutes ces aiguilles tournaient sur son cadran. Il devait douter lui-même par moment s'il était roi ou prisonnier. C'était une sorte de pape captif avec ses cardinaux.

---

1. *Sérénité* : calme, tranquillité. *Sévère* : austère, grave, sans ornement. — **2.** Autorité, influence. Cet emploi du mot est dérivé de l'astrologie : astre qui monte sur l'horizon au moment de la naissance, et qui exerce une influence prépondérante sur l'horoscope. — **3.** *Tacite* (latin, *tacitus* : qui se tait) : non formulé, mais évident ; implicite. – **4.** *Médiocre* (latin, *mediocris*) : moyen, entre deux extrêmes. – **5.** Autorité, influence. – **6.** L'adjectif *rayonnant* assimile le cerveau de Claude au soleil, tandis que *loi d'attraction* et *graviteront* renvoient à la loi de la gravitation et représentent les autres cerveaux comme des satellites. Hugo représente la sympathie entre les hommes grâce au langage de l'astronomie. Dans la phrase suivante, il utilisera l'image de l'aimant.

Et, par une réaction toute naturelle, dont l'effet s'accomplit sur toutes les échelles, aimé des prisonniers, il était détesté des geôliers. Cela est toujours ainsi. La popularité ne va jamais sans la défaveur. L'amour des esclaves est toujours doublé de la haine des maîtres.

Claude Gueux était grand mangeur. C'était une des particularités de son organisation[1]. Il avait l'estomac fait de telle sorte que la nourriture de deux hommes ordinaires suffisait à peine à sa journée. Monsieur de Cotadilla[2] avait un de ces appétits-là, et en riait ; mais ce qui est une occasion de gaieté pour un duc, grand d'Espagne, qui a cinq cent mille moutons est une charge pour un ouvrier et un malheur pour un prisonnier.

Claude Gueux, libre dans son grenier, travaillait tout le jour, gagnait son pain de quatre livres[3] et le mangeait. Claude Gueux, en prison, travaillait tout le jour et recevait invariablement pour sa peine une livre et demie de pain et quatre onces de viande. La ration est inexorable[4]. Claude avait donc habituellement faim dans la prison de Clairvaux.

Il avait faim, et c'était tout. Il n'en parlait pas. C'était sa nature ainsi.

---

1. « La manière d'être d'un individu, au physique ou au moral » (Littré). – **2.** En 1811, la mère de Victor Hugo se rend à Madrid avec ses enfants (dont Victor, qui a neuf ans), afin d'y retrouver son mari, qui vient d'y être promu général. M. de Cotadilla dirigeait leur convoi en Espagne. – **3.** La livre s'est fixée à son poids actuel de 500 grammes en 1804, soit trente ans avant notre texte. Il semble cependant que Hugo parle encore en anciennes livres, puisqu'il donne en onces le poids de la ration de viande quotidienne de Claude, et que cette mesure n'a pas d'équivalent dans le nouveau système. Selon les provinces, la livre variait de 380 à 552 grammes (489 à Paris). Une once correspond à un seizième de livre (soit 30,5 grammes à Paris). Concrètement, Claude reçoit chaque jour 733,5 grammes de pain et 122 grammes de viande (si on se fonde sur la livre parisienne). – **4.** Inflexible ; littéralement : insensible à la prière (en latin, *orare* : prier).

Un jour, Claude venait de dévorer sa maigre pitance, et s'était remis à son métier, croyant tromper la faim par le travail. Les autres prisonniers mangeaient joyeusement. Un jeune homme, pâle, blanc, faible, vint se placer près de lui. Il tenait à la main sa ration, à laquelle il n'avait pas encore touché, et un couteau. Il restait là debout près de Claude, ayant l'air de vouloir parler et de ne pas oser. Cet homme, et son pain, et sa viande, importunaient Claude.

— Que veux-tu ? dit-il enfin brusquement.

— Que tu me rendes un service, dit timidement le jeune homme.

— Quoi ? reprit Claude.

— Que tu m'aides à manger cela. J'en ai trop.

Une larme roula dans l'œil hautain de Claude. Il prit le couteau, partagea la ration du jeune homme en deux parts égales, en prit une, et se mit à manger.

— Merci, dit le jeune homme. Si tu veux, nous partagerons comme cela tous les jours.

— Comment t'appelles-tu ? dit Claude Gueux.

— Albin[1].

— Pourquoi es-tu ici ? reprit Claude.

— J'ai volé.

— Et moi aussi, dit Claude.

Ils partagèrent en effet de la sorte tous les jours. Claude Gueux avait trente-six ans, et par moment il en paraissait cinquante, tant sa pensée habituelle était sévère. Albin avait vingt ans, on lui en eût donné dix-sept, tant il y avait encore d'innocence[2] dans le regard de ce voleur. Une étroite amitié se noua entre ces deux hommes, amitié de père à fils plutôt que de

---

1. En latin, *albus* signifie : blanc, et, appliqué aux humains, pâle. Quelques lignes plus haut, le jeune homme était dit *pâle*, *blanc*, *faible*. Hugo associe à la blancheur, signe traditionnel de pureté, la charité du jeune homme. – **2.** *Innocence* (latin : *innocentia*, dérivé de *nocere* : nuire) : qualité de ce qui ne nuit pas.

frère à frère. Albin était encore presque un enfant ;
Claude était déjà presqu'un vieillard[1].

Ils travaillaient dans le même atelier, ils couchaient
sous la même clef de voûte[2], ils se promenaient dans
le même préau[3], ils mordaient au même pain. Chacun
des deux amis était l'univers pour l'autre. Il paraît
qu'ils étaient heureux[4].

Nous avons déjà parlé du directeur des ateliers. Cet
homme, haï des prisonniers, était souvent obligé, pour
se faire obéir d'eux, d'avoir recours à Claude Gueux
qui en était aimé. Dans plus d'une occasion, lorsqu'il
s'était agi d'empêcher une rébellion ou un tumulte,
l'autorité sans titre de Claude Gueux avait prêté
main-forte à l'autorité officielle du directeur. En effet,
pour contenir les prisonniers, dix paroles de Claude
valaient dix gendarmes. Claude avait maintes fois
rendu ce service au directeur. Aussi le directeur le
détestait-il cordialement[5]. Il était jaloux de ce voleur.
Il avait au fond du cœur une haine secrète, envieuse,
implacable, contre Claude, une haine de souverain de

---

1. Hugo idéalise : les deux hommes avaient presque le même
âge en réalité. Dans le souci de rendre exemplaires ses personnages, le romancier gomme toute allusion aux rapports homosexuels
que les deux hommes semblent avoir entretenus. – **2.** La prison
occupe les locaux d'une ancienne abbaye, et les prisonniers dorment vraisemblablement dans une salle voûtée d'ogives (peut-être
l'ancien dortoir). Claude et Albin dorment donc dans un espace
circonscrit par les mêmes piliers, soit près l'un de l'autre. –
3. « Espace découvert au milieu d'un cloître ; cour de prison » (Littré). Le mot désigne une cour intérieure : architecturalement, c'est
ici celle du cloître ; fonctionnellement, celle de la prison. – **4.** *Il
paraît que* : il semble, en se fondant sur l'aspect extérieur des choses, sur l'apparence. Cette locution prudente, qui réapparaît plusieurs fois dans la suite du récit, indique que Victor Hugo rapporte
des faits qui se sont réellement passés. Il ne peut prétendre connaître les pensées ni les sentiments des personnages. Il doit les déduire
de l'extérieur, et signaler objectivement qu'il les reconstitue. –
5. D'un sentiment profond (littéralement : qui vient du cœur). A la
différence de Claude qui agira de façon plus raisonnée, le directeur
se laisse emporter par une passion viscérale.

droit à souverain de fait, de pouvoir temporel à pouvoir spirituel [1].

Ces haines-là sont les pires.

Claude aimait beaucoup Albin et ne songeait pas au directeur.

Un jour, un matin, au moment où les porte-clefs [2] transvasaient les prisonniers deux à deux du dortoir dans l'atelier, un guichetier appela Albin qui était à côté de Claude, et le prévint que le directeur le demandait.

— Que te veut-on ? dit Claude.

— Je ne sais pas, dit Albin.

Le guichetier emmena Albin.

La matinée se passa, Albin ne revint pas à l'atelier. Quand arriva l'heure du repas, Claude pensa qu'il retrouverait Albin au préau. Albin n'était pas au préau. On rentra dans l'atelier, Albin ne reparut pas dans l'atelier. La journée s'écoula ainsi. Le soir, quand on ramena les prisonniers dans leur dortoir, Claude y chercha des yeux Albin, et ne le vit pas. Il paraît qu'il souffrait beaucoup dans ce moment-là, car il adressa la parole à un guichetier, ce qu'il ne faisait jamais :

— Est-ce qu'Albin est malade ? dit-il.

— Non, répondit le guichetier.

— D'où vient donc, reprit Claude, qu'il n'a pas reparu aujourd'hui ?

— Ah ! dit négligemment le porte-clefs, c'est qu'on l'a changé de quartier [3].

Les témoins qui ont déposé [4] de ces faits plus tard

---

1. *Temporel* : soumis au temps, qui appartient donc au monde des corps. *Spirituel* : qui relève de l'esprit, de l'âme. Concrètement, Hugo oppose le pouvoir du directeur, fondé sur la force, à celui de Claude, qui sait se faire aimer. – **2.** « Valet de prison qui porte les clefs » (Littré). – **3.** Bâtiment où on enferme des prisonniers. – **4.** Témoigner devant un juge, dans le cadre d'une procédure.

remarquèrent qu'à cette réponse du guichetier la main de Claude, qui portait une chandelle allumée, trembla légèrement. Il reprit avec calme :

— Qui a donné cet ordre-là ?

Le guichetier répondit :

— M.D.

Le directeur des ateliers s'appelait M.D.

La journée du lendemain se passa comme la journée précédente, sans Albin.

Le soir, à l'heure de la clôture des travaux, le directeur, M.D., vint faire sa ronde habituelle dans l'atelier. Du plus loin que Claude le vit, il ôta son bonnet de grosse laine, il boutonna sa veste grise, triste livrée [1] de Clairvaux, car il est de principe dans les prisons qu'une veste respectueusement boutonnée prévient [2] favorablement les supérieurs, et il se tint debout et son bonnet à la main à l'entrée de son banc, attendant le passage du directeur. Le directeur passa.

— Monsieur ! dit Claude.

Le directeur s'arrêta et se détourna à demi.

— Monsieur, reprit Claude, est-ce que c'est vrai qu'on a changé Albin de quartier ?

— Oui, répondit le directeur.

— Monsieur, poursuivit Claude, j'ai besoin d'Albin pour vivre.

Il ajouta :

— Vous savez que je n'ai pas assez de quoi manger avec la ration de la maison, et qu'Albin partageait son pain avec moi.

— C'était son affaire, dit le directeur.

---

1. Tenue distinctive que portent les personnes soumises à une même autorité, en particulier les domestiques d'une même maison. Ici, le terme désigne l'uniforme que l'administration carcérale donnait aux détenus. – 2. « Faire naître d'avance dans l'esprit des sentiments favorables ou défavorables » (Littré).

— Monsieur, est-ce qu'il n'y aurait pas moyen de faire remettre Albin dans le même quartier que moi ?

— Impossible. Il y a décision prise.

— Par qui ?

— Par moi.

— Monsieur D., reprit Claude, c'est la vie ou la mort pour moi, et cela dépend de vous.

— Je ne reviens jamais sur mes décisions.

— Monsieur, est-ce que je vous ai fait quelque chose ?

— Rien.

— En ce cas, dit Claude, pourquoi me séparez-vous d'Albin ?

— Parce que, dit le directeur.

Cette explication donnée, le directeur passa outre [1].

Claude baissa la tête et ne répliqua pas. Pauvre lion en cage à qui l'on ôtait son chien.

Nous sommes forcé de dire que le chagrin de cette séparation n'altéra en rien la voracité en quelque sorte maladive du prisonnier. Rien d'ailleurs ne parut sensiblement changé en lui. Il ne parlait d'Albin à aucun de ses camarades. Il se promenait seul dans le préau aux heures de récréation, et il avait faim. Rien de plus.

Cependant ceux qui le connaissaient bien remarquaient quelque chose de sinistre [2] et de sombre qui s'épaississait chaque jour de plus en plus sur son visage. Du reste, il était plus doux que jamais.

---

1. *Outre* (latin *ultra*) : au-delà. *Passer outre* : dépasser un obstacle, aller au-delà. Le directeur ne répond pas à la question de Claude : il la franchit comme un obstacle, il la laisse entière derrière lui. Sur la fin de non-recevoir opposée à la parole de Claude, v. Présentation. – **2.** *Sinistre* (latin : *sinister* : gauche. Les oiseaux venant de la gauche étaient des présages réputés funestes) : de mauvais augure, qui fait craindre le pire.

Plusieurs voulurent partager leur ration avec lui, il refusa en souriant.

Tous les soirs, depuis l'explication que lui avait donnée le directeur, il faisait une espèce de chose folle qui étonnait de la part d'un homme aussi sérieux. Au moment où le directeur, ramené à heure fixe par sa tournée habituelle, passait devant le métier de Claude, Claude levait les yeux et le regardait fixement, puis il lui adressait d'un ton plein d'angoisse et de colère qui tenait à la fois de la prière et de la menace, ces deux mots seulement : *Et Albin ?* Le directeur faisait semblant de ne pas entendre ou s'éloignait en haussant les épaules.

Cet homme avait tort de hausser les épaules, car il était évident[1] pour tous les spectateurs de ces scènes étranges que Claude Gueux était intérieurement déterminé à quelque chose. Toute la prison attendait avec anxiété quel serait le résultat de cette lutte entre une ténacité et une résolution[2].

Il a été constaté qu'une fois entre autres, Claude Gueux dit au directeur :

— Ecoutez, Monsieur, rendez-moi mon camarade. Vous ferez bien, je vous assure. Remarquez que[3] je vous dis cela.

Une autre fois, un dimanche, comme il se tenait dans le préau, assis sur une pierre, les coudes sur les genoux et son front dans ses mains, immobile depuis plusieurs heures dans la même attitude, le condamné Faillette s'approcha de lui, et lui cria en riant :

---

1. *Évident* : étymologiquement, qui se voit (le mot est de la famille de *videre* : voir). La détermination intérieure de Claude se voit de l'extérieur : le directeur est donc honnêtement prévenu, et son mépris seul l'aveugle sur l'urgence de la situation. – 2. Décision ferme, projet arrêté après une mûre réflexion. – 3. Prêtez-y attention, prenez en note. Claude avertit le directeur de façon solennelle.

— Que diable fais-tu donc là, Claude ?

Claude leva lentement sa tête sévère, et dit :

— *Je juge quelqu'un.*

Un soir enfin, le 25 octobre 1831, au moment où le directeur faisait sa ronde, Claude brisa sous son pied avec bruit un verre de montre qu'il avait trouvé le matin dans un corridor. Le directeur demanda d'où venait ce bruit.

— Ce n'est rien, dit Claude, c'est moi. Monsieur le directeur, rendez-moi mon camarade.

— Impossible, dit le maître.

— Il le faut pourtant, dit Claude d'une voix basse et ferme, et regardant le directeur en face, il ajouta : Réfléchissez. Nous sommes aujourd'hui le 25 octobre. Je vous donne jusqu'au 4 novembre.

Un guichetier fit remarquer à M.D. que Claude le menaçait et que c'était un cas de cachot [1].

— Non, point de cachot, dit le directeur avec un sourire dédaigneux, il faut être bon avec ces gens-là !

Le lendemain, le condamné Pernot aborda Claude, qui se promenait seul et pensif, laissant les autres prisonniers s'ébattre [2] dans un petit carré de soleil à l'autre bout de la cour.

— Hé bien ! Claude, à quoi songes-tu ? tu parais triste.

— *Je crains*, dit Claude, *qu'il n'arrive bientôt quelque malheur à ce bon M.D.*

---

1. *Cas* : fait, acte, concerné par une loi particulière. *Un cas de cachot* : un comportement pour lequel une peine de cachot a été prévue. La mise au cachot constituait une peine disciplinaire à l'intérieur de la prison (article 614 du code de procédure criminelle : « Si quelque prisonnier use de menaces, injures ou violences, soit à l'égard du gardien ou de ses préposés, soit à l'égard des autres prisonniers, il sera, sur les ordres de qui il appartiendra, resserré plus étroitement, enfermé seul, même mis aux fers en cas de fureur ou de violence grave, sans préjudice des poursuites auxquelles il pourrait avoir donné lieu »). – **2.** S'amuser, se détendre.

Il y a neuf jours pleins du 25 octobre au 4 novembre. Claude n'en laissa pas passer un sans avertir gravement le directeur de l'état de plus en plus douloureux où le mettait la disparition d'Albin. Le directeur fatigué lui infligea une fois vingt-quatre heures de cachot, parce que la prière ressemblait trop à une sommation [1]. Voilà tout ce que Claude obtint.

Le 4 novembre arriva [2]. Ce jour-là, Claude s'éveilla avec un visage serein qu'on ne lui avait pas encore vu depuis le jour où la *décision* de M.D. l'avait séparé de son ami. En se levant, il fouilla dans une espèce de caisse de bois blanc qui était au pied de son lit et qui contenait ses quelques guenilles. Il en tira une paire de ciseaux de couturière. C'était, avec un volume dépareillé de l'*Emile* [3], la seule chose qui lui restât de la femme qu'il avait aimée, de la mère de son enfant, de son heureux petit ménage d'autrefois. Deux meubles [4] bien inutiles pour Claude ; les ciseaux ne pouvaient servir qu'à une femme, le livre qu'à un lettré. Claude ne savait ni coudre ni lire.

Au moment où il traversait le vieux cloître [5] déshonoré et blanchi à la chaux qui sert de promenoir [6] d'hiver, il s'approcha du condamné Ferrari, qui regardait avec attention les énormes barreaux d'une croisée. Claude tenait à la main la petite paire de ciseaux,

---

1. Menace. Sur l'ambivalence soulignée des prières de Claude, v. Présentation. – **2.** En réalité, le 7 novembre. – **3.** *Emile ou De l'éducation*, roman de Jean-Jacques Rousseau paru en 1762, qui retrace un programme d'éducation idéal. Ce détail ne provient pas du fait divers réel. Il est inventé par Hugo, afin d'attirer l'attention sur le thème fondamental de son récit : le devoir de la société est d'*éduquer* le peuple. Voir Présentation. – **4.** Meuble : « se dit de certains objets qu'on peut porter sur soi. *Ce couteau est un meuble fort commode* » (Littré). – **5.** Cour intérieure entourée de galeries dans un édifice religieux. Sur le déshonneur subi par cette construction religieuse, v. Présentation. – **6.** Lieu généralement couvert, qui sert à la promenade (en particulier dans les prisons).

il la montra à Ferrari en disant : Ce soir je couperai ces barreaux-ci avec ces ciseaux-là.

Ferrari, incrédule, se mit à rire, et Claude aussi.

Ce matin-là, il travailla avec plus d'ardeur qu'à l'ordinaire ; jamais il n'avait fait si vite et si bien. Il parut attacher un certain prix à terminer dans la matinée un chapeau de paille que lui avait payé d'avance un honnête bourgeois de Troyes, M. Bressier [1].

Un peu avant midi, il descendit sous un prétexte à l'atelier des menuisiers situé au rez-de-chaussée, au-dessous de l'étage où il travaillait. Claude était aimé là comme ailleurs, mais il y entrait rarement. Aussi :

— Tiens ! voilà Claude !

On l'entoura. Ce fut une fête. Claude jeta un coup d'œil rapide dans la salle. Pas un des surveillants n'y était.

— Qui est-ce qui a une hache à me prêter, dit-il !

— Pour quoi faire ? lui demanda-t-on.

Il répondit :

— C'est pour tuer ce soir le directeur des ateliers.

On lui présenta plusieurs haches à choisir. Il prit la plus petite qui était fort tranchante, la cacha dans son pantalon, et sortit. Il y avait là vingt-sept prisonniers. Il ne leur avait pas recommandé le secret. Tous le gardèrent.

Ils ne causèrent même pas de la chose entre eux.

Chacun attendit de son côté ce qui arriverait. L'affaire était terrible, droite et simple. Pas de complication possible. Claude ne pouvait être ni conseillé, ni dénoncé.

Une heure après, il aborda un jeune condamné de

---

1. Pour employer les prisonniers, il semble que la centrale de Clairvaux a proposé la chapellerie (il sera aussi question, au paragraphe suivant, d'un atelier des menuisiers). M. *Bressier* est un bourgeois qui a passé une commande à M.D.

seize ans qui bâillait[1] dans le promenoir, et lui conseilla d'apprendre à lire. En ce moment, le détenu Faillette accosta Claude, et lui demanda ce que diable il cachait là dans son pantalon. Claude dit :

— C'est une hache pour tuer M.D. ce soir.

Il ajouta :

— Est-ce que cela se voit ?

— Un peu, dit Faillette.

Le reste de la journée fut à l'ordinaire. A sept heures du soir, on renferma les prisonniers, chaque section dans l'atelier qui lui était assigné ; et les surveillants sortirent des salles de travail, comme il paraît que c'est l'habitude, pour ne rentrer qu'après la ronde du directeur.

Claude Gueux fut donc verrouillé comme les autres dans son atelier avec ses compagnons de métier.

Alors il se passa dans cet atelier une scène extraordinaire, une scène qui n'est ni sans majesté[2] ni sans terreur, la seule de ce genre qu'aucune histoire puisse raconter.

Il y avait là, ainsi que l'a constaté l'instruction judiciaire qui a eu lieu depuis, quatre-vingt-deux voleurs, y compris Claude.

Une fois que les surveillants les eurent laissés seuls, Claude se leva debout sur son banc, et annonça à toute la chambrée qu'il avait quelque chose à dire. On fit silence.

Alors Claude haussa la voix et dit :

— Vous savez tous qu'Albin était mon frère. Je n'ai pas assez de ce qu'on me donne ici pour manger. Même en n'achetant que du pain avec le peu que je

---

1. Bâiller : s'ennuyer. – **2.** *Majesté* (latin : *majestas*, de la famille de *major*, comparatif de *magnus* : grand) : grandeur propre à inspirer du respect.

gagne[1], cela ne suffirait pas. Albin partageait sa ration avec moi, je l'ai aimé d'abord parce qu'il m'a nourri, ensuite parce qu'il m'a aimé. Le directeur, M.D., nous a séparés, cela ne lui faisait rien que nous fussions ensemble ; mais c'est un méchant homme qui jouit de tourmenter. Je lui ai redemandé Albin. Vous avez vu ? il n'a pas voulu. Je lui ai donné jusqu'au 4 novembre pour me rendre Albin. Il m'a fait mettre au cachot pour avoir dit cela. Moi, pendant ce temps-là, je l'ai jugé et je l'ai condamné à mort[2], nous sommes au 4 novembre. Il viendra dans deux heures faire sa tournée. Je vous préviens que je vais le tuer. Avez-vous quelque chose à dire à cela ?

Tous gardèrent le silence.

Claude reprit. Il parla à ce qu'il paraît, avec une éloquence singulière qui d'ailleurs lui était naturelle. Il déclara qu'il savait bien qu'il allait faire une action violente, mais qu'il ne croyait pas avoir tort. Il attesta la conscience des quatre-vingt-un voleurs qui l'écoutaient. Qu'il[3] était dans une rude extrémité. Que la nécessité de se faire justice soi-même était un cul-de-sac où l'on se trouvait engagé quelquefois. Qu'à la vérité il ne pouvait prendre la vie du directeur sans donner la sienne propre, mais qu'il trouvait bon de donner sa vie pour une chose juste. Qu'il avait mûrement réfléchi, et à cela seulement, depuis deux mois. Qu'il croyait bien ne pas se laisser entraîner par le

---

1. Un tiers du produit de la vente des objets fabriqués par les prisonniers constituait leur argent de poche. Sur l'emploi des bénéfices de ces ventes, v. Présentation. – **2.** Note de Victor Hugo : *Textuel*. – **3.** Cette phrase, ainsi que les six suivantes, qui commencent toutes par la conjonction « que », introduisent sept complétives qui se rapportent au verbe *attesta* dans le paragraphe précédent. Le discours de Claude est donc rapporté au style indirect.

ressentiment[1], mais que, dans le cas que cela serait, il suppliait qu'on l'en avertît. Qu'il soumettait honnêtement ses raisons aux hommes justes qui l'écoutaient. Qu'il allait donc tuer M.D., mais que si quelqu'un avait une objection à lui faire il était prêt à l'écouter.

Une voix seulement s'éleva et dit qu'avant de tuer le directeur, Claude devait essayer une dernière fois de lui parler et de le fléchir.

— C'est juste[2], dit Claude, et je le ferai.

Huit heures sonnèrent à la grande horloge. Le directeur devait venir à neuf heures.

Une fois que cette étrange cour de cassation eut en quelque sorte ratifié la sentence qu'il avait portée[3], Claude reprit toute sa sérénité. Il mit sur une table tout ce qu'il possédait en linge et en vêtements, la pauvre dépouille du prisonnier, et, appelant l'un après l'autre ceux de ses compagnons qu'il aimait le plus après Albin, il leur distribua tout. Il ne garda que la petite paire de ciseaux.

Puis il les embrassa tous. Quelques-uns pleuraient, il souriait à ceux-là.

Il y eut dans cette heure dernière des instants où il causa avec tant de tranquillité et même de gaieté, que plusieurs de ses camarades espéraient intérieurement,

---

1. Souvenir d'une injure avec désir de s'en venger, rancune. Claude cherche à se conformer à une idée générale de la justice, et non à satisfaire arbitrairement des sentiments personnels. Presque toutes les entrées de cet exposé de motivations mettent en évidence le caractère délibéré, juste et impartial de sa décision. – **2.** Il faut donner tout leur sens aux mots. Claude ne se contente pas d'une approbation neutre : il constate que la requête de son ami est conforme à la justice. – **3.** La *cour de cassation* est la juridiction suprême qui examine la légalité des verdicts rendus, et qui peut, le cas échéant, les *casser*, c'est-à-dire les invalider pour vice de forme. *Ratifier* : donner une approbation officielle. *Sentence* : jugement. En utilisant ce vocabulaire juridique, Hugo souligne la justice supérieure de ce tribunal de prisonniers.

comme ils l'ont déclaré depuis, qu'il abandonnerait peut-être sa résolution. Il s'amusa même une fois à éteindre une des rares chandelles qui éclairaient l'atelier avec le souffle de sa narine, car il avait de mauvaises habitudes d'éducation qui dérangeaient sa dignité naturelle plus souvent qu'il n'aurait fallu. Rien ne pouvait faire que cet ancien gamin de rues n'eût point par moment l'odeur du ruisseau de Paris [1].

Il aperçut un jeune condamné qui était pâle, qui le regardait avec des yeux fixes, et qui tremblait, sans doute de l'attente de ce qu'il allait voir.

— Allons, du courage, jeune homme ! lui dit Claude doucement, ce ne sera que l'affaire d'un instant.

Quand il eut distribué toutes ses hardes [2], fait tous ses adieux, serré toutes les mains, il interrompit quelques causeries inquiètes qui se faisaient çà et là dans les coins obscurs de l'atelier, et il commanda qu'on se remît au travail. Tous obéirent en silence.

L'atelier où ceci se passait était une salle oblongue, un long parallélogramme percé de fenêtres sur ses deux grands côtés, et de deux portes qui se regardaient à ses deux extrémités. Les métiers étaient rangés de chaque côté près des fenêtres, les bancs touchant le mur à angle droit, et l'espace resté libre entre les deux rangées de métiers formait une espèce de longue voie qui allait en ligne droite de l'une des portes à l'autre et traversait ainsi toute la salle. C'était cette longue voie, assez étroite, que le directeur avait à parcourir en faisant son inspection ; il devait entrer par la porte sud et ressortir par la porte nord, après avoir regardé les travailleurs à droite et à gauche.

---

1. *Ruisseau* : écoulement d'eau au milieu d'une rue, caniveau.
– **2.** Vieux vêtements.

D'ordinaire il faisait ce trajet assez rapidement et sans s'arrêter.

Claude s'était replacé lui-même à son banc et il s'était remis au travail, comme Jacques Clément se fût remis à la prière [1].

Tous attendaient. Le moment approchait. Tout à coup on entendit un coup de cloche. Claude dit : C'est l'avant-quart [2]. Alors il se leva, traversa gravement une partie de la salle, et alla s'accouder sur l'angle du premier métier à gauche, tout à côté de la porte d'entrée. Son visage était parfaitement calme et bienveillant.

Neuf heures sonnèrent. La porte s'ouvrit. Le directeur entra.

En ce moment-là, il se fit dans l'atelier un silence de statues.

Le directeur était seul comme d'habitude.

Il entra avec sa figure joviale, satisfaite et inexorable, ne vit pas Claude qui était debout à gauche de la porte, la main droite cachée dans son pantalon, et passa rapidement devant les premiers métiers, hochant la tête, mâchant ses paroles, et jetant çà et là son regard banal, sans s'apercevoir que tous les yeux qui l'entouraient étaient fixés sur une idée terrible.

---

1. Moine jacobin qui assassina Henri III, en 1589. Jacques Clément servait les intérêts de la Ligue, parti ultra-catholique, qui s'opposait au monarque. Cette comparaison est assez étrange : elle repose sur le fait que Claude Gueux et Jacques Clément se sont soumis de plein gré à un martyre assuré pour abattre le représentant d'un pouvoir qu'ils jugeaient illégitime. Par la force de la comparaison, le geste de Claude Gueux devient la manifestation d'une justice supérieure à la justice humaine. En outre, Victor Hugo considère Jacques Clément comme une figure plutôt positive : signe supplémentaire de l'inspiration fondamentalement chrétienne du récit hugolien. – **2.** « Coup que quelques horloges sonnent quelques minutes avant l'heure, la demie, le quart » (Littré). Le directeur des ateliers doit passer à neuf heures : la tension est donc à son comble.

Tout à coup il se détourna brusquement, surpris d'entendre un pas derrière lui.

C'était Claude qui le suivait en silence depuis quelques instants.

— Que fais-tu là, toi ? dit le directeur ; pourquoi n'es-tu pas à ta place ?

Car un homme n'est plus un homme là, c'est un chien, on le tutoie.

Claude Gueux répondit respectueusement :

— C'est que j'ai à vous parler, Monsieur le directeur.

— De quoi ?

— D'Albin.

— Encore ! dit le directeur.

— Toujours ! dit Claude.

— Ah çà, reprit le directeur continuant de marcher, tu n'as donc pas eu assez de vingt-quatre heures de cachot ?

Claude répondit en continuant de le suivre :

— Monsieur le directeur, rendez-moi mon camarade.

— Impossible.

— Monsieur le directeur, dit Claude avec une voix qui eût attendri le démon, je vous en supplie, remettez Albin avec moi, vous verrez comme je travaillerai bien. Vous qui êtes libre, cela vous est égal, vous ne savez pas ce que c'est qu'un ami ; mais, moi, je n'ai que les quatre murs de la prison. Vous pouvez aller et venir, vous ; moi, je n'ai qu'Albin. Rendez-le-moi. Albin me nourrissait, vous le savez bien. Cela ne vous coûterait que la peine de dire oui. Qu'est-ce que cela vous fait qu'il y ait dans la même salle un homme qui s'appelle Claude Gueux et un autre qui s'appelle

Albin[1]. Car ce n'est pas plus compliqué que cela. Monsieur le directeur, mon bon monsieur D., je vous supplie vraiment au nom du ciel !

Claude n'en avait peut-être jamais tant dit à la fois à un geôlier. Après cet effort, épuisé, il attendit. Le directeur répliqua avec un geste d'impatience :

— Impossible. C'est dit. Voyons, ne m'en reparle plus. Tu m'ennuies.

Et comme il était pressé, il doubla le pas. Claude aussi. En parlant ainsi, ils étaient arrivés tous deux près de la porte de sortie ; les quatre-vingts[2] voleurs regardaient et écoutaient, haletants.

Claude toucha doucement le bras du directeur.

— Mais au moins que je sache pourquoi je suis condamné à mort. Dites-moi pourquoi vous l'avez séparé de moi ?

— Je te l'ai déjà dit, répondit le directeur. Parce que.

Et tournant le dos à Claude, il avança la main vers le loquet de la porte de sortie.

A la réponse du directeur, Claude avait reculé d'un pas. Les quatre-vingts statues qui étaient là virent sortir de son pantalon sa main droite avec la hache. Cette main se leva, et avant que le directeur eût pu pousser un cri, trois coups de hache, chose affreuse à dire, assénés dans la même entaille, lui avaient ouvert le crâne. Au moment où il tombait à la renverse, un quatrième coup lui balafra le visage ; puis, comme une fureur lancée ne s'arrête pas court, Claude Gueux lui fendit la cuisse d'un cinquième coup inutile. Le directeur était mort.

---

1. Le manuscrit soulignait plus encore l'indifférence du fait en accentuant l'anonymat des personnages. Il portait : *un homme dont le nom commence par un A et un autre dont le nom commence par un G.* – **2.** Erreur de Victor Hugo : il signalait quatre-vingt-un assistants à la délibération précédente, sans compter Claude.

Alors Claude jeta la hache et cria : *A l'autre maintenant !* L'autre, c'était lui [1]. On le vit tirer de sa veste les petits ciseaux de « sa femme », et, sans que personne ne songeât à l'en empêcher, il se les enfonça dans la poitrine. La lame était courte, la poitrine était profonde. Il y fouilla longtemps et à plus de vingt reprises en criant : « Cœur de damné, je ne te trouverais donc pas ! » Et enfin il tomba baigné dans son sang, évanoui sur le mort.

Lequel des deux était la victime de l'autre ?

Quand Claude reprit connaissance, il était dans un lit, couvert de linges et de bandages, entouré de soins. Il avait auprès de son chevet de bonnes sœurs de charité, et de plus un juge d'instruction qui instrumentait [2] et qui lui demanda avec beaucoup d'intérêt :

— *Comment vous trouvez-vous ?*

Il avait perdu une grande quantité de sang ; mais les ciseaux avec lesquels il avait eu la superstition [3] touchante de se frapper avaient mal fait leur devoir, aucun des coups qu'il s'était portés n'était dangereux. Il n'y avait de mortelles pour lui que les blessures qu'il avait faites à M.D.

Les interrogatoires commencèrent. On lui demanda si c'était lui qui avait tué le directeur des ateliers de la prison de Clairvaux. Il répondit : *Oui.* On lui demanda pourquoi. Il répondit : *Parce que* [4].

Cependant, à un certain moment ses plaies s'envenimèrent ; il fut pris d'une fièvre mauvaise dont il faillit mourir.

---

1. Claude agit selon une justice impartiale, sans souci de son intérêt personnel. Il peut envisager son cas objectivement, comme s'il s'agissait d'une autre personne. – **2.** Faire des procès-verbaux, établir des comptes rendus judiciaires. – **3.** Croyance naïve en l'importance d'une chose ; sans connotation religieuse ici. – **4.** Claude Gueux reprend les mots du directeur des ateliers. La justice et l'humanité sont représentées comme mutuellement exclusives : elles n'ont aucun compte à se rendre.

Une cause criminelle par Daumier.

Photo Bulloz.

Novembre, décembre, janvier et février se passè-
rent en soins et en préparatifs. Médecins et juges
s'empressaient autour de Claude ; les uns guérissaient
ses blessures, les autres dressaient son échafaud[1].

Abrégeons. Le 16 mars 1832, il parut, étant parfaitement guéri, devant la cour d'assises de Troyes. Tout
ce que la ville peut donner de foule était là.

Claude eut une bonne attitude devant la cour ; il
s'était fait raser avec soin, il avait la tête nue, il portait ce morne habit des prisonniers de Clairvaux, mi-
parti[2] de deux espèces de gris.

Le procureur du roi[3] avait encombré la salle de
toutes les baïonnettes[4] de l'arrondissement, « afin,
dit-il à l'audience, de contenir tous les scélérats[5] qui
devaient figurer comme témoins dans cette affaire ».

Lorsqu'il fallut entamer le débat, il se présenta une
difficulté singulière. Aucun des témoins des événements du 4 novembre ne voulait déposer contre
Claude. Le président les menaça de son pouvoir
discrétionnaire[6]. Ce fut en vain. Claude alors leur
commanda de déposer. Toutes les langues se délliè-
rent. Ils dirent ce qu'ils avaient vu.

Claude les écoutait tous avec une profonde attention. Quand l'un d'eux, par oubli, ou par affection

---

1. L'expression est métaphorique : même dans le système
injuste que dénonce Hugo, on ne dresse pas l'échafaud avant que
la condamnation ne soit prononcée. Cette expression traduit le fait
que la loi ne peut que condamner Claude à mort. – 2. Composé de
deux parties égales. – 3. *Procureur* : représentant légal, personne
qui a les pouvoirs d'agir pour une autre. *Procureur du roi* : magis-
trat qui représente le ministère public dans un procès, dans un
régime monarchique (c'est l'équivalent de notre procureur de la
République). – 4. Soldats d'infanterie. – 5. Coupable, ou capable,
de grands crimes (du latin *scelus* : crime, forfait). – 6. « Faculté
donnée à un juge de décider en certains cas selon son appréciation
personnelle » (Littré). Avant que les faits soient établis (les témoins
n'ont pas encore déposé), ce pouvoir discrétionnaire frôle l'arbitraire.

pour Claude, omettait des faits à la charge[1] de l'accusé, Claude les rétablissait.

De témoignage en témoignage, la série des faits que nous venons de développer se déroula devant la cour.

Il y eut un moment où les femmes qui étaient là pleurèrent. L'huissier appela le condamné Albin. C'était son tour de déposer. Il entra en chancelant ; il sanglotait. Les gendarmes ne purent empêcher qu'il n'allât tomber dans les bras de Claude. Claude le soutint et dit en souriant au procureur du roi : « Voilà un scélérat qui partage son pain avec ceux qui ont faim. » Puis il baisa la main d'Albin[2].

La liste des témoins épuisée, M. le procureur du roi se leva et prit la parole en ces termes : « Messieurs les jurés, la société serait ébranlée jusque dans ses fondements, si la vindicte publique[3] n'atteignait pas les grands coupables comme celui qui, etc ».

Après ce discours mémorable, l'avocat de Claude parla. La plaidoirie contre et la plaidoirie pour firent, chacune à leur tour, les évolutions[4] qu'elles ont coutume de faire dans cette espèce d'hippodrome[5] que l'on appelle un procès criminel.

Claude jugea que tout n'était pas dit. Il se leva à

---

1. Propres à faire condamner. – **2.** Cet épisode est chargé de réminiscences évangéliques. En particulier, le partage du pain rappelle la Cène. Hugo suggère ainsi un parallèle entre le procès et l'exécution de Claude Gueux avec la Passion du Christ. – **3.** « Terme de jurisprudence. La vindicte publique, la poursuite d'un crime au nom de la société » (Littré). – **4.** Mouvement que l'on fait effectuer à un cheval dans un manège. – **5.** Champ de courses pour les chevaux. Pour caractériser la vanité de ces procès où tout est joué d'avance, Hugo les décrit comme un spectacle équestre. Le manuscrit exprime la même idée grâce à une référence à l'escrime ; il porte : « (les deux plaidoiries) *ferraillèrent ainsi quelque temps* ».

son tour. Il parla de telle sorte qu'une personne intelligente qui assistait à cette audience s'en revint frappée d'étonnement[1]. Il paraît que ce pauvre ouvrier contenait bien plutôt un orateur[2] qu'un assassin. Il parla debout, avec une voix pénétrante et bien ménagée, avec un œil clair, honnête et résolu, avec un geste presque toujours le même, mais plein d'empire. Il dit les choses comme elles étaient, simplement, sérieusement, sans charger ni amoindrir, convint de tout, regarda l'article 296[3] en face, et posa sa tête dessous. Il eut des moments de véritable haute éloquence qui faisaient remuer la foule, et où l'on se répétait à l'oreille dans l'auditoire ce qu'il venait de dire. Cela faisait un murmure pendant lequel Claude reprenait haleine en jetant un regard fier sur les assistants. Dans d'autres instants, cet homme, qui ne savait pas lire, était doux, poli, choisi comme un lettré ; puis, par moments encore, modeste, mesuré, attentif, marchant pas à pas dans la partie irritante de la discussion, bienveillant pour les juges. Une fois seulement, il se laissa aller à une secousse de colère. Le procureur du roi avait établi dans le discours que nous avons cité en entier[4], que Claude Gueux avait assassiné le

***

1. Par sa racine, *étonnement* a un sens très fort : abasourdissement, comme si on était frappé par le tonnerre. Il conserve ici un sens fort : stupéfaction devant une chose extraordinaire. – **2.** Le mot est ici très valorisant. Il ne désigne pas un tribun qui sait galvaniser les foules, mais un maître de l'art rhétorique. Or, la rhétorique est l'art de persuader par un discours sensé, exactement adapté aux circonstances. – **3.** Art. 296 du code pénal : « Tout meurtre commis avec préméditation ou guet-apens est qualifié assassinat. *Pen. 302* ». La fin de la phrase, qui assimile métaphoriquement cet article au couperet de la guillotine *(et posa sa tête dessous)*, montre que Hugo pensait aussi à l'article 302 qui indique la peine prévue : « Tout coupable d'assassinat, de parricide, et d'empoisonnement sera puni de mort. » – **4.** Hugo n'a cité que la première phrase, mais son ironie nous fait comprendre qu'elle épuise la substance du discours.

directeur des ateliers sans voie de fait [1] ni violence de la part du directeur, par conséquent *sans provocation* [2].

— Quoi ! s'écria Claude, je n'ai pas été provoqué ! Ah ! oui, vraiment, c'est juste. Je vous comprends. Un homme ivre me donne un coup de poing, je le tue, j'ai été provoqué, vous me faites grâce, vous m'envoyez aux galères. Mais un homme qui n'est pas ivre et qui a toute sa raison me comprime le cœur pendant quatre ans [3], m'humilie pendant quatre ans, me pique tous les jours, toutes les heures, toutes les minutes, d'un coup d'épingle à quelque place inattendue pendant quatre ans ! J'avais une femme pour qui j'ai volé, il me torture avec cette femme ; j'avais un enfant pour qui j'ai volé, il me torture avec cet enfant ; je n'ai pas assez de pain, un ami m'en donne, il m'ôte mon ami et mon pain. Je redemande mon ami, il me met au cachot. Je lui dis *vous*, à lui mouchard, il me dit *tu*. Je lui dis que je souffre, il me dit que je l'ennuie. Alors que voulez-vous que je fasse ? Je le tue. C'est bien, je suis un monstre, j'ai tué cet homme, je n'ai pas été provoqué, vous me coupez la tête. Faites ! — Mouvement sublime [4], selon nous, qui faisait tout à coup surgir, au-dessus du système de provocation matérielle, sur lequel s'appuie l'échelle mal proportionnée des

---

1. « Tout acte par lequel on s'empare violemment d'une chose sur laquelle on n'a pas de droit reconnu » (Littré). – 2. Incitation à un comportement violent par une attitude agressive ou irritante. Sur cette question, v. Présentation. – 3. Claude avait été condamné à cinq ans, et il avait donc purgé les quatre cinquièmes de sa peine, ce qui renforce le caractère désespéré de son geste. – 4. *Mouvement* : impulsion affective ou morale. *Sublime* (latin *sublimis* : haut, élevé dans les airs) : qui atteint à une grande hauteur de pensée. La *secousse de colère* de Claude le pousse à exposer les plus hauts enjeux du débat moral autour de son cas.

Un avocat et son client par Daumier.
Photo Roger-Viollet.

circonstances atténuantes, toute une théorie de la provocation morale oubliée par la loi.

Les débats fermés, le président fit son résumé impartial [1] et lumineux. Il en résulta ceci : une vilaine vie ; un monstre en effet ; Claude Gueux avait commencé par vivre en concubinage avec une fille publique ; puis il avait volé ; puis il avait tué. Tout cela était vrai.

Au moment d'envoyer les jurés dans leur chambre, le président demanda à l'accusé s'il avait quelque chose à dire sur la position des questions [2].

— Peu de chose, dit Claude. Voici, pourtant. Je suis un voleur et un assassin. J'ai volé et j'ai tué. Mais pourquoi ai-je volé ? pourquoi ai-je tué ? Posez ces deux questions à côté des autres, messieurs les jurés.

Après un quart d'heure de délibération, sur la déclaration des douze champenois [3] qu'on appelait *messieurs les jurés*, Claude Gueux fut condamné à mort.

Il est certain que, dès l'ouverture des débats, plusieurs d'entre eux avaient remarqué que l'accusé s'appelait *Gueux* [4], ce qui leur avait fait une impression profonde.

On lut son arrêt à Claude, qui se contenta de dire : *C'est bien. Mais pourquoi cet homme* [5] *a-t-il volé ? Pourquoi cet homme a-t-il tué ? Voilà deux questions auxquelles ils ne répondent pas.*

---

1. Qui ne prend pas parti, qui pèse objectivement le pour et le contre. Comme le suivant, cet adjectif est ironique. – 2. Forme précise d'une question, qui définit avec exactitude le sujet des débats, le lieu du problème. – 3. Les jurés étaient choisis dans la région, or le procès se déroule à Troyes, en Champagne. – 4. *Gueux* (du néerlandais *guit* : coquin, fripon) : celui qui fait métier de demander la charité, utilisant au besoin la ruse. – 5. Claude parle de lui-même à la troisième personne, comme après son crime.

Rentré dans la prison, il soupa gaiement et dit : Trente-six ans de faits [1] !

Il ne voulait pas se pourvoir en cassation [2]. Une des sœurs qui l'avaient soigné vint l'en prier avec larmes. Il se pourvut par complaisance pour elle. Il paraît qu'il résista jusqu'au dernier instant, car au moment où il signa son pourvoi [3] sur le registre du greffe [4], le délai légal des trois jours était expiré depuis quelques minutes. La pauvre fille reconnaissante lui donna cinq francs. Il prit l'argent et la remercia.

Pendant que son pourvoi pendait [5], des offres d'évasion lui furent faites par les prisonniers de Troyes, qui s'y dévouaient tous. Il refusa [6]. Les détenus jetèrent successivement dans son cachot par le soupirail un clou, un morceau de fil de fer et une anse de seau. Chacun de ces trois outils eût suffi, à un homme aussi intelligent que l'était Claude pour limer ses fers. Il remit l'anse, le fil de fer et le clou au guichetier.

Le 8 juin 1832, sept mois et quatre jours après le fait, l'expiation arriva, *pede claudo* [7], comme on voit.

---

1. L'expression suggère que la vie est un bagne, où l'on compte les années écoulées, qui rapprochent de la libération. – **2.** Faire appel auprès de la cour de cassation, pour faire casser un verdict. – **3.** Appel auprès de la cour de cassation. – **4.** Lieu d'un tribunal où l'on conserve les minutes des procès, archives du tribunal. – **5.** Était en examen. – **6.** Claude Gueux reproduit le comportement de Socrate, le premier des philosophes, dont Platon a fait le principal interlocuteur de ses dialogues. Il fut condamné à mort parce qu'il était accusé de corrompre la jeunesse. Bien qu'il n'ait pas reconnu la légitimité de cette accusation, ni de ce verdict, il accepta pourtant sa condamnation et but la ciguë. Claude Gueux, comme Socrate, accepte la loi de ses concitoyens, bien que l'intuition métaphysique des deux hommes leur ait révélé la faiblesse de cette justice humaine. Hugo modèle son héros sur des archétypes de sagesse. – **7.** « Avec son pied boiteux » (Horace, *Odes*, III, 2, dernier vers). Le vers évoque la peine qui finit toujours par rattraper le coupable. Ici, Victor Hugo fait un usage ironique de cette citation et dénonce la lenteur de la justice.

Ce jour-là, à sept heures du matin, le greffier[1] du tribunal entra dans le cachot de Claude, et lui annonça qu'il n'avait plus qu'une heure à vivre. Son pourvoi était rejeté.

— Allons, dit Claude froidement, j'ai bien dormi cette nuit sans me douter que je dormirais encore mieux la prochaine.

Il paraît que les paroles des hommes forts doivent toujours recevoir de l'approche de la mort une certaine grandeur.

Le prêtre arriva, puis le bourreau. Il fut humble avec le prêtre, doux avec l'autre. Il ne refusa ni son âme, ni son corps.

Il conserva une liberté d'esprit parfaite. Pendant qu'on lui coupait les cheveux[2], quelqu'un parla, dans un coin du cachot, du choléra qui menaçait Troyes en ce moment[3].

— Quant à moi, dit Claude avec un sourire, je n'ai pas peur du choléra.

Il écoutait d'ailleurs le prêtre avec une attention extrême, en s'accusant beaucoup et en regrettant de n'avoir pas été instruit dans la religion.

Sur sa demande, on lui avait rendu les ciseaux avec lesquels il s'était frappé. Il y manquait une lame qui s'était brisée dans sa poitrine. Il pria le geôlier de faire porter de sa part ces ciseaux à Albin. Il dit aussi qu'il désirait qu'on ajoutât à ce legs[4] la ration de pain qu'il aurait dû manger ce jour-là.

Il pria ceux qui lui lièrent les mains de mettre dans sa main droite la pièce de 5 francs que lui avait

---

1. Fonctionnaire qui met par écrit les décisions du tribunal, et qui assiste le juge dans certaines circonstances. – **2.** On dégageait la nuque du condamné avant de le décapiter. – **3.** Il y eut en effet une épidémie de choléra en 1832. – **4.** Bien transmis par testament, ou par une formulation explicite de dernières volontés. Ce pain transmis par-delà la mort évoque l'eucharistie.

donnée la sœur, la seule chose qui lui restât désormais.

A huit heures moins un quart, il sortit de la prison, avec tout le lugubre [1] cortège ordinaire des condamnés. Il était à pied, pâle, l'œil fixé sur le crucifix du prêtre, mais marchant d'un pas ferme.

On avait choisi ce jour-là pour l'exécution, parce que c'était jour de marché, afin qu'il y eût le plus de regards possible sur son passage ; car il paraît qu'il y a encore en France des bourgades à demi sauvages où, quand la société tue un homme, elle s'en vante [2].

Il monta sur l'échafaud gravement, l'œil toujours fixé sur le gibet du Christ [3]. Il voulut embrasser le prêtre, puis le bourreau, remerciant l'un, pardonnant à l'autre. Le bourreau *le repoussa doucement*, dit une relation. Au moment où l'aide le liait sur la hideuse mécanique, il fit signe au prêtre de prendre la pièce de cinq francs qu'il avait en sa main droite, et lui dit : *Pour les pauvres.* Comme huit heures sonnaient en ce moment, le bruit du beffroi [4] de l'horloge couvrit sa voix, et le confesseur lui répondit qu'il n'entendait pas. Claude attendit l'intervalle de deux coups et répéta avec douceur. *Pour les pauvres.*

Le huitième coup n'était pas encore sonné que cette noble et intelligente tête était tombée.

Admirable effet des exécutions publiques ! Ce jour-là même, la machine étant encore debout au

---

1. Qui évoque le deuil et la mort. – **2.** Les exécutions étaient publiques, afin de leur donner force d'exemple. – **3.** *Gibet* : instrument de supplice, et plus précisément ici, la croix du Christ, que Claude fixait quelques lignes plus haut. Toutefois, le gibet désigne couramment la *potence*, la construction où l'on exécutait les pendus, et le contexte judiciaire appelle inévitablement ce deuxième sens. Hugo joue de cette ambiguïté, et superpose plus fortement que jamais la figure du condamné et celle du Christ. – **4.** Tour, dans laquelle se trouvent des cloches.

milieu d'eux et pas lavée, les gens du marché s'ameu-
tèrent pour une question de tarif et faillirent massa-
crer un employé de l'octroi[1]. Le doux peuple que
vous font ces lois-là !

Nous avons cru devoir raconter en détail l'histoire
de Claude Gueux, parce que, selon nous, tous les
paragraphes de cette histoire pourraient servir de têtes
de chapitre au livre où serait résolu le grand problème
du peuple au dix-neuvième siècle. Dans cette vie
importante il y a deux phases principales, avant la
chute, après la chute ; et, sous ces deux phases, deux
questions, question de l'éducation, question de la
pénalité ; et, entre ces deux questions, la société
toute entière.

Cet homme, certes, était bien né, bien organisé,
bien doué[2]. Que lui a-t-il donc manqué ? Réfléchissez.

C'est là le grand problème de proportion dont la
solution, encore à trouver, donnera l'équilibre univer-
sel : *Que la société fasse toujours pour l'individu
autant que la nature.*

Voyez Claude Gueux. Cerveau bien fait, cœur bien
fait, sans nul doute. Mais le sort[3] le met dans une
société si mal faite qu'il finit par tuer.

Qui est réellement coupable ? Est-ce lui ? Est-ce
nous ?

Questions sévères, questions poignantes, qui solli-
citent à cette heure toutes les intelligences, qui nous
tirent tous tant que nous sommes, par le pan de notre

---

1. L'octroi était un impôt que l'on prélevait sur certains produits, à leur entrée dans la ville. L'employé de l'octroi est le fonctionnaire chargé de percevoir cette taxe. – **2.** *Bien organisé* : bien
constitué physiquement. *Bien doué* : qui a reçu de bonnes disposi-
tions. Ces deux attributs indiquent la qualité naturelle de Claude.
– **3.** Destinée singulière, hasard qui donne telle tournure particulière aux événements.

habit, et qui nous barreront un jour si complètement le chemin qu'il faudra bien les regarder en face et savoir ce qu'elles nous veulent.

Celui qui écrit ces lignes essaiera de dire bientôt peut-être de quelle façon il les comprend.

Quand on est en présence de pareils faits, quand on songe à la manière dont ces questions nous pressent, on se demande à quoi pensent ceux qui gouvernent, s'ils ne pensent pas à cela [1].

Les Chambres [2], tous les ans, sont gravement occupées. Il est sans doute très important de désenfler les sinécures [3] et d'écheniller [4] le budget ; il est très important de faire des lois pour que j'aille, déguisé en soldat, monter patriotiquement la garde à la porte de M. le comte de Lobau [5] que je ne connais pas et que je ne veux pas connaître, ou pour me contraindre à parader au carré Marigny [6], sous le bon plaisir de mon épicier, dont on a fait mon officier [7].

---

1. Après ce paragraphe, le manuscrit porte la date suivante : *23 juin.* Ici s'achève la partie rédigée en 1834. La fin du récit est constituée par la version remaniée d'un texte que Victor Hugo a rédigé en 1832. – 2. Sous le gouvernement de Juillet, il y avait deux chambres : la Chambre des pairs et la Chambre des députés. Leur rôle principal était de voter les lois et le budget. – 3. *Sinécure* (mot emprunté à l'anglais, qui provient du latin *sine cura* : sans souci) : place rétribuée qui ne demande aucun travail. *Désenfler les sinécures* : supprimer les postes inutiles. – 4. Littéralement, enlever les chenilles. Ici, supprimer les postes budgétaires *parasites.* – 5. Georges Moulon, comte de Lobau (1770-1838), maréchal d'Empire, commandant de la garde nationale de Paris en 1830. En 1832, il était une des cibles favorites de la presse satirique, pour avoir dispersé une manifestation avec des pompes à incendie (mai 1831). – 6. Bâtiment qui accueillait des manifestations publiques, sur les Champs-Elysées (à l'époque, c'était une allée, encore peu bâtie, conduisant au bois de Boulogne). – 7. Note de Victor Hugo : *Il va sans dire que nous n'entendons pas ici attaquer la patrouille urbaine, chose utile, qui garde la rue, le seuil et le foyer ; mais seulement la parade, le pompon, la gloriole et le tapage militaire, choses ridicules, qui ne servent qu'à faire du bourgeois une parodie du soldat.* Hugo vise ici la garde nationale : fondée en 1789, c'est une sorte de milice des citoyens, dont la mission est de main-

Un juge mécontent. Dessin de Victor Hugo.
Photo Bulloz.

Il est important, députés ou ministres, de fatiguer et de tirailler toutes les choses et toutes les idées de ce pays dans des discussions pleines d'avortements [1] ; il est essentiel, par exemple, de mettre sur la sellette et d'interroger et de questionner à grands cris, et sans savoir ce qu'on dit, l'art du dix-neuvième siècle, ce grand et sévère accusé qui ne daigne pas répondre et qui fait bien ; il est expédient [2] de passer son temps, gouvernants et législateurs, en conférences classiques qui font hausser les épaules aux maîtres d'école de la banlieue ; il est utile de déclarer que c'est le drame moderne [3] qui a inventé l'inceste, l'adultère, le parricide, l'infanticide et l'empoisonnement, et de prouver par là qu'on ne connaît ni Phèdre, ni Jocaste, ni Œdipe, ni Médée, ni Rodogune [4] ; il est indispensable que les orateurs politiques de ce pays ferraillent, trois grands jours durant, à propos du budget, pour Corneille et Racine, contre on ne sait qui, et profitent de

tenir l'ordre, de défendre la propriété privée, et les valeurs démocratiques. Elle devient très vite l'organe de la bourgeoisie libérale. Supprimée en 1827, elle est reconstituée en 1830. Elle sera supprimée après la Commune. – **1.** Echec, abandon avant d'avoir atteint le terme d'une action. – **2.** Utile, profitable. – **3.** Victor Hugo défend ici le *drame moderne*, ou romantique, attaqué à cause de sa prétendue immoralité. La censure théâtrale, suspendue en 1830, sera finalement rétablie en 1835. – **4.** Hugo met en parallèle les perversions prêtées au drame moderne et certains sujets mythologiques. Il suggère ainsi que les fictions se sont toujours nourries d'immoralité. Phèdre éprouvait une passion incestueuse pour Hippolyte, le fils de son second mari. Jocaste a épousé Œdipe, sans savoir qu'il était son fils, après que celui-ci a tué son époux, sans savoir qu'il était son père. Médée a tué ses enfants pour se venger de Jason, son époux, qui voulait épouser Créuse. La référence à Rodogune est plus étrange, car ce personnage n'empoisonne personne : Cléopâtre, la mère de ses prétendants, qui veut sa mort, meurt empoisonnée par son propre poison. Hugo fait donc moins allusion au personnage de Rodogune qu'à la pièce de Corneille, *Rodogune*, dans laquelle il est bien question d'*empoisonnement*. Corneille a écrit aussi une *Médée*, et un *Œdipe*, et *Phèdre* est une pièce de Racine : le drame romantique modernise donc les thèmes de la tragédie classique.

cette occasion littéraire pour s'enfoncer les uns les autres à qui mieux mieux dans la gorge de grandes fautes de français jusqu'à la garde[1].

Tout cela est important ; nous croyons cependant qu'il pourrait y avoir des choses plus importantes encore.

Que dirait la Chambre, au milieu des futiles démêlés qui font si souvent colleter[2] le ministère par l'opposition et l'opposition par le ministère, si, tout à coup, des bancs de la Chambre ou de la tribune publique, qu'importe, quelqu'un se levait et disait ces sérieuses paroles[3] :

« Taisez-vous, monsieur Mauguin, taisez-vous monsieur Thiers[4] ! vous croyez être dans la question, vous n'y êtes pas. La question, la voici : La justice vient, il y a un an à peine[5], de déchiqueter un homme à Pamiers avec un eustache[6] ; à Dijon, elle vient d'arracher la tête à une femme ; à Paris, elle fait, barrière Saint-Jacques, des exécutions inédites. Ceci est la question. Occupez-vous de ceci. Vous vous querellerez après pour savoir si les boutons de la garde

---

1. *Ferrailler* : frapper des lames de sabre ou d'épée les unes contre les autres pour faire beaucoup de bruit. *Garde* : partie d'un poignard, d'une épée, qui protège la main. Ce recours au vocabulaire de l'escrime montre la vanité des discours parlementaires. – 2. Saisir au collet. – 3. Le discours de ce citoyen anonyme occupe toute la fin du texte. – 4. *François Mauguin* et *Adolphe Thiers* étaient tous deux députés. Le premier était opposé au régime de Juillet, et le second en était partisan (il fut un ministre de l'Intérieur sévère en 1832 et en 1834-1836). Hugo renvoie donc dos à dos les piliers du régime et les opposants. Quand elles ne seront plus d'actualité, Hugo gommera ces allusions. Les éditions tardives de *Claude Gueux* portent : *Taisez-vous, qui que vous soyez, vous qui parlez ici, taisez-vous.* – 5. Ce texte a été écrit en 1832, et Hugo n'a pas corrigé cette indication lors de la publication du récit en 1834. Il a évoqué de façon plus précise les trois événements suivants dans la préface au *Dernier Jour d'un condamné*, écrite en 1832. V. Annexe. – 6. « Petit couteau grossier à manche de bois » (Littré).

78

nationale doivent être blancs ou jaunes, et si l'*assurance* est une plus belle chose que la *certitude*[1].

« Messieurs des centres, messieurs des extrémités, le gros du peuple souffre ! Que vous l'appeliez république ou que vous l'appeliez monarchie[2], le peuple souffre. Ceci est un fait.

« Le peuple a faim, le peuple a froid. La misère le pousse au crime ou au vice, selon le sexe. Ayez pitié du peuple, à qui le bagne prend ses fils, et le lupanar[3] ses filles. Vous avez trop de forçats, vous avez trop de prostituées. Que prouvent ces deux ulcères ! Que le corps social a un vice dans le sang. Vous voilà réunis en consultation au chevet du malade ; occupez-vous de la maladie.

« Cette maladie, vous la traitez mal. Etudiez-la mieux. Les lois que vous faites, quand vous en faites, ne sont que des palliatifs et des expédients[4]. Une moitié de vos codes est routine, l'autre moitié empirisme[5]. La flétrissure était une cautérisation qui gangrénait la plaie[6] ; peine insensée que celle qui pour la vie scellait et rivait le crime sur le criminel ! qui

---

1. Le 15 avril 1831, la chambre avait voté une motion faisant état de sa *certitude* de la survie de la nation polonaise. Prudent, le gouvernement fit transformer *certitude* en *espérance*. – 2. Construction problématique : quel est le complément d'objet direct d'*appeliez* ? *Le gros du peuple* selon la syntaxe, mais ce n'est pas lui que les hommes politiques nomment *république* ou *monarchie*. Il semble que Hugo a voulu dire : que vous appeliez le gouvernement république ou que vous l'appeliez monarchie, etc. – 3. Maison de prostitution. – 4. *Palliatif* : remède qui calme momentanément la douleur, mais ne guérit pas la maladie ; par extension : mesure insuffisante. *Expédient* : moyen improvisé pour se tirer d'embarras. – 5. « Recherche au moyen de l'expérience seule, sans aucune théorie » (Littré). – 6. *Flétrissure* : marque au fer rouge, que l'on infligeait à certains criminels en signe d'infamie. *Cautérisation* : application d'un fer rouge sur une plaie, pour la désinfecter et provoquer la cicatrisation. *Gangrener* : provoquer la gangrène, c'est-à-dire un empoisonnement du sang dû à l'infection d'une plaie. Dans tout ce paragraphe, Hugo assimile la répression à une thérapie perverse.

en faisait deux amis, deux compagnons, deux insépa-
rables [1] ! Le bagne est un vésicatoire absurde qui
laisse résorber, non sans l'avoir rendu pire encore,
presque tout le mauvais sang qu'il extrait [2]. La peine
de mort est une amputation [3] barbare.

« Or, flétrissure, bagne, peine de mort, trois choses
qui se tiennent. Vous avez supprimé la flétrissure [4], si
vous êtes logiques, supprimez le reste. Le fer rouge,
le boulet et le couperet [5], c'étaient les trois parties
d'un syllogisme [6]. Vous avez ôté le fer rouge, le boulet et le couperet n'ont plus de sens. Farinace [7] était
atroce ; mais il n'était pas absurde.

« Démontez-moi cette vieille échelle boiteuse des
crimes et des peines, et refaites-la. Refaites votre
pénalité, refaites vos codes, refaites vos prisons,
refaites vos juges. Remettez les lois au pas des
mœurs.

« Messieurs, il se coupe trop de têtes par an en
France. Puisque vous êtes en train de faire des écono-
mies, faites-en là-dessus. Puisque vous êtes en verve
de suppressions, supprimez le bourreau. Avec la solde
de vos quatre-vingts bourreaux, vous paierez six cents
maîtres d'école.

---

1. La flétrissure est indélébile. – **2.** *Vésicatoire* : remède que
l'on applique sur la peau, sur laquelle il provoque des ampoules
parce qu'il attire les substances nocives qui empoisonnaient un
organe. De même, le bagne draine les criminels, et donc en purge
la société. Hugo le dit *absurde*, car il rend à la société ses hôtes,
qu'il n'a fait que corrompre. – **3.** « En chirurgie. Opération par
laquelle on enlève avec un instrument tranchant, un membre ou
une partie saillante du corps » (Littré). – **4.** Une loi du 28 avril
1832 humanisait les châtiments, et supprimait notamment la flétrissure. – **5.** Instruments de la flétrissure, du bagne (le boulet au pied
des bagnards), de la mort (le couperet de la guillotine). – **6.** Raison-
nement composé de trois propositions, sur le modèle : tous les
hommes sont mortels, or Socrate est un homme, donc Socrate est
mortel. Hugo affirme l'interdépendance des trois éléments qu'il
vient d'énumérer. – **7.** Prosper Farinacci (1554-1613) : juge sévère
et juriste romain, qui a proposé un système de droit très cohérent.

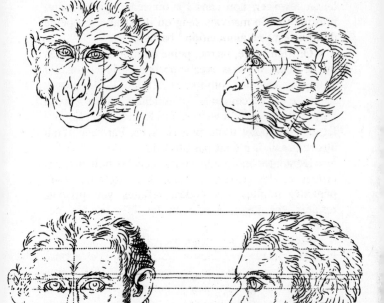

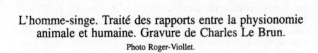

L'homme-singe. Traité des rapports entre la physionomie
animale et humaine. Gravure de Charles Le Brun.

Photo Roger-Viollet.

« Songez au gros du peuple. Des écoles pour les enfants, des ateliers pour les hommes. Savez-vous que la France est un des pays de l'Europe où il y a le moins de natifs qui sachent lire ? Quoi ! la Suisse sait lire, la Belgique sait lire, le Danemark sait lire, la Grèce sait lire, l'Irlande sait lire, et la France ne sait pas lire ? C'est une honte.

« Allez dans les bagnes. Appelez autour de vous toute la chiourme [1]. Examinez un à un tous ces damnés de la loi humaine. Calculez l'inclinaison de tous ces profils, tâtez tous ces crânes. Chacun de ces hommes tombés a au-dessous de lui son type bestial ; il semble que chacun d'eux soit le point d'intersection de telle ou telle espèce animale avec l'humanité. Voici le loup-cervier, voici le chat, voici le singe, voici le vautour, voici l'hyène [2]. Or, de ces pauvres têtes mal conformées [3], le premier tort est à la nature sans doute, le second à l'éducation. La nature a mal ébauché, l'éducation a mal retouché l'ébauche. Tournez vos soins de ce côté. Une bonne éducation au peuple. Développez de votre mieux ces malheureuses têtes afin que l'intelligence qui est dedans puisse grandir. Les nations ont le crâne bien ou mal fait selon leurs institutions [4]. Rome et la Grèce avaient le front haut. Ouvrez le plus que vous pourrez l'angle facial [5] du peuple.

---

1. Ensemble des forçats. – 2. Dans ce paragraphe, Hugo fait allusion à deux méthodes d'investigation sur le caractère humain, aujourd'hui périmées, mais tenues pour scientifiques en son temps : d'une part la physiognomonie, qui définit le caractère d'un individu à partir de sa ressemblance physique avec un animal (v. illustration, p. 81) ; d'autre part la phrénologie, qui détermine la zone cérébrale dominante dans le tempérament d'un individu, à partir de la localisation des bosses crâniennes (d'où *tâtez tous ces crânes*). Ces disciplines sont des ancêtres de l'anthropométrie. – 3. Mal faites, mal formées physiquement. – 4. Système d'éducation. – 5. Angle formé par la ligne qui joint la bouche à la partie la plus saillante du front d'une part et par celle qui joint la bouche à la

« Quand la France saura lire, ne laissez pas sans direction cette intelligence que vous aurez développée. Ce serait un autre désordre. L'ignorance vaut encore mieux que la mauvaise science. Non. Souvenez-vous qu'il y a un livre plus philosophique que le *Compère Mathieu* [1], plus populaire que le *Constitutionnel* [2], plus éternel que la charte de 1830 [3]. C'est l'écriture sainte. Et ici un mot d'explication. Quoi que vous fassiez, le sort de la grande foule, de la multitude, de la *majorité*, sera toujours relativement pauvre, et malheureux et triste. A elle le dur travail, les fardeaux à pousser, les fardeaux à traîner, les fardeaux à porter. Examinez cette balance : toutes les jouissances dans le plateau du riche, toutes les misères dans le plateau du pauvre. Les deux parts ne sont-elles pas inégales ? La balance ne doit-elle pas nécessairement pencher, et l'état avec elle ? Et maintenant dans le lot du pauvre, dans le plateau des misères, jetez la certitude d'un avenir céleste, jetez l'aspiration au bonheur éternel, jetez le paradis, contrepoids magnifique ! Vous rétablissez l'équilibre. La part du pauvre est aussi riche que la part du riche. C'est ce que savait Jésus, qui en savait plus long que Voltaire [4].

---

base du menton. Selon la physiognomonie, plus la face est en pointe (comme celle du chimpanzé), plus l'homme est obtus ; plus la face est plate, plus l'homme est censé être intelligent (v. illustration, p. 81).
1. Roman satirique de l'abbé Henri-Joseph Dulaurens, publié en 1765, sans nom d'auteur. On l'a d'abord attribué à Voltaire, à cause de son ironie à l'égard de la religion notamment. Hugo constate donc un relatif échec de la philosophie des lumières à éclairer le peuple. – **2.** Journal bien pensant et partisan du régime de Juillet. – **3.** Constitution du gouvernement de Juillet. – **4.** Figure emblématique du mouvement philosophique du XVIIIᵉ siècle. En l'opposant à Jésus, Hugo en fait le symbole d'un humanisme qui veut organiser les affaires humaines sans Dieu. La conscience politique de Victor Hugo repose au contraire sur la solidarité chrétienne avec les *misérables*, les *gueux*. Pour lui, le christianisme est la clef d'une société humaine juste.

Dessin de Steinlen pour *Claude Gueux*.
« Cette tête de l'homme du peuple, cultivez-la, défrichez-la,
arrosez-la, fécondez-la, éclairez-la, moralisez-la,
utilisez-la ; vous n'aurez pas besoin de la couper. »

« Donnez au peuple qui travaille et qui souffre, donnez au peuple, pour qui ce monde-ci est mauvais, la croyance à un meilleur monde fait pour lui. Il sera tranquille, il sera patient. La patience [1] est faite d'espérance [2].

« Donc ensemencez les villages d'évangiles. Une Bible par cabane. Que chaque livre et chaque champ produisent à eux deux un travailleur moral.

« La tête de l'homme du peuple, voilà la question. Cette tête est pleine de germes utiles. Employez pour la faire mûrir et venir à bien ce qu'il y a de plus lumineux et mieux tempéré dans la vertu [3]. Tel a assassiné sur les grandes routes qui, mieux dirigé, eût été le plus excellent serviteur de la cité. Cette tête de l'homme du peuple, cultivez-la, défrichez-la, arrosez-la, fécondez-la, éclairez-la, moralisez-la, utilisez-la ; vous n'aurez pas besoin de la couper. »

---

1. *Patience* (en latin *patientia*, qui est de la famille de *pati* : souffrir, supporter) : capacité de supporter avec fermeté et modération les épreuves. – **2.** Plus encore que la *patience*, l'*espérance* a une connotation chrétienne : c'est une des trois vertus théologales, avec la foi et la charité. On se gardera donc bien de faire de ce passage une lecture trop machiavélique (ou marxiste, sur le modèle : *la religion, opium du peuple*). Quand Hugo exhorte les gouvernants à donner au peuple la *croyance en un monde meilleur*, il pense que cette croyance est fondée et qu'elle améliorera effectivement la condition des misérables. – **3.** Dans cette fin de texte, la tête de l'homme du peuple est assimilée à une plante qu'il faut faire *mûrir* (*venir à bien* est un quasi-synonyme). La vertu est donc assimilée à un climat favorable, ni trop chaud, ni trop froid (*tempéré*), et *lumineux*.

Extrait de la Préface du
Dernier Jour d'un condamné.

Dans le fragment de *Claude Gueux* rédigé en 1832,
Hugo interpelle Thiers et Maugin, et fait référence à
trois exécutions qu'il évoquait avec plus de détails
dans la préface au *Dernier Jour d'un condamné*, écrit
la même année :

« Dans le midi, vers la fin du mois de septembre
dernier, nous n'avons pas bien présents à l'esprit le
lieu, le jour, ni le nom du condamné, mais nous les
retrouverons si l'on conteste le fait, et nous croyons
que c'est à Pamiers ; vers la fin de septembre donc,
on vient trouver un homme dans sa prison, où il jouait
tranquillement aux cartes ; on lui signifie qu'il faut
mourir dans deux heures, ce qui le fait trembler de
tous ses membres, car, depuis six mois qu'on
l'oubliait, il ne comptait plus sur la mort ; on le rase,
on le tond, on le garrotte, on le confesse ; puis on le
brouette entre quatre gendarmes, et à travers la foule,
au lieu de l'exécution. Jusqu'ici, rien que de simple.
C'est comme cela que cela se fait. Arrivé à l'écha-

faud, le bourreau le prend au prêtre, l'emporte, le ficelle sur la bascule, l'*enfourne*, je me sers ici du mot d'argot, puis il lâche le couperet. Le lourd triangle de fer se détache avec peine, tombe en cahotant dans ses rainures, et, voici l'horrible qui commence, entaille l'homme sans le tuer. L'homme pousse un cri affreux. Le bourreau, déconcerté, relève le couperet et le laisse retomber. Le couperet mord le cou du patient une seconde fois, mais ne le tranche pas. Le patient hurle, la foule aussi. Le bourreau rehisse encore le couperet, espérant faire mieux du troisième coup. Point. Le troisième coup fait jaillir un troisième ruisseau de sang de la nuque du condamné, mais ne fait pas tomber la tête. Abrégeons. Le couteau remonta et retomba cinq fois, cinq fois il entama le condamné, cinq fois le condamné hurla et secoua sa tête vivante en criant grâce. Le peuple indigné prit des pierres et se mit dans sa justice à lapider le misérable bourreau. Le bourreau s'enfuit sous la guillotine et s'y tapit derrière les chevaux des gendarmes. Mais vous n'êtes pas au bout. Le supplicié, se voyant seul sur l'échafaud, s'était redressé sur la planche, et là, debout, effroyable, ruisselant de sang, soutenant sa tête à demi coupée qui pendait sur son épaule, il demandait avec de faibles cris qu'on vînt le détacher. La foule, pleine de pitié, était sur le point de forcer les gendarmes et de venir à l'aide du malheureux qui avait subi cinq fois son arrêt de mort. C'est en ce moment-là qu'un valet du bourreau, jeune homme de vingt ans, monte sur l'échafaud, dit au patient de se tourner pour qu'il le délie, et profitant de la posture du mourant qui se livrait à lui sans défiance, saute sur son dos et se met à lui couper péniblement ce qui lui restait de cou avec je ne sais quel couteau de boucher. Cela s'est fait, cela s'est vu. Oui.

[...]

La chose a eu lieu après juillet, dans un temps de douce mœurs et de progrès, un an après la célèbre lamentation de la Chambre sur la peine de mort. Eh bien ! le fait a passé absolument inaperçu. Les journaux de Paris l'ont publié comme une anecdote. Personne n'a été inquiété. On a su seulement que la guillotine avait été disloquée exprès par quelqu'un *qui voulait nuire à l'exécuteur des hautes œuvres.* C'était un valet du bourreau chassé par son maître, qui, pour se venger, lui avait fait cette malice.

Ce n'était qu'une espièglerie. Continuons.

A Dijon, il y a trois mois, on a mené au supplice une femme (une femme !). Cette fois encore le couteau du Docteur Guillotin a mal fait son service. La tête n'a pas été tout à fait coupée. Alors les valets de l'exécuteur se sont attelés aux pieds de la femme, et à travers les hurlements de la malheureuse, et à force de tiraillements et de soubresauts, ils lui ont séparé la tête du corps par arrachement.

A Paris, nous revenons au temps des exécutions secrètes. Comme on n'ose plus décapiter en Grève depuis juillet, comme on a peur, comme on est lâche, voici ce qu'on fait. On a pris dernièrement à Bicêtre un homme, un condamné à mort, un nommé Désandrieux, je crois ; on l'a mis dans une espèce de panier traîné sur deux roues, clos de toutes parts, cadenassé et verrouillé ; puis, un gendarme en tête, un gendarme en queue, à petit bruit et sans foule, on a été déposer le paquet à la barrière déserte de Saint-Jacques. Arrivés là, il était huit heures du matin, à peine jour, il y avait une guillotine toute fraîche dressée et pour public quelques douzaines de petits garçons groupés sur les tas de pierres voisins autour de la machine inattendue ; vite, on a tiré l'homme du panier, et, sans

lui donner le temps de respirer, furtivement, sournoi-
sement, honteusement, on lui a escamoté sa tête. Cela
s'appelle un acte public et solennel de haute justice.
Infâme dérision ! »

Le Dernier Jour d'un condamné,
Le Livre de Poche, n° 6646, pp. 27-31.

Avocats par Daumier.

Photo Roger-Viollet.

Table

Le Livre de Poche s'engage pour l'environnement en réduisant l'empreinte carbone de ses livres. Celle de cet exemplaire est de : **150 g éq. CO$_2$** Rendez-vous sur www.livredepoche-durable.fr

PAPIER À BASE DE FIBRES CERTIFIÉES

Achevé d'imprimer en mars 2016 en Espagne par
CPI
Dépôt légal 1re publication : février 1995
Édition 32 – mars 2016
LIBRAIRIE GÉNÉRALE FRANÇAISE – 31, rue de Fleurus – 75278 Paris Cedex 06

31/3653/8